小さな挑戦者たち

〜サイコウの中学受験〜

騎月孝弘

ポプラ文庫

目次

授業準備

prologue

篠宮（しのみや）先生の特技ってなんですか？

生徒にそんな質問をされると、以前は考え込んでしまうことが多かった。

運動音痴で手先も不器用。歌も絵も下手なわたしの特技って……と。

しいていえば、小さい頃から勉強するのは苦じゃなかった。

小学生のとき、漢字の書き取りや計算ドリルは決められた宿題だけでなく、気づいたら何ページも先を進めていたし、中学でも、定期テストの範囲となる問題集はミスがなくなるまで何回も解いた。

たぶん、与えられた課題にコツコツ取り組むことが性に合っていたんだと思う。

でも、特技が勉強だなんて言ったら、たいていは引かれるだろう。だからいまは、もうひとつの特技を答えることにしている。

それは、目覚まし時計なしでも早起きできること。

タイマーをセットしなくても、起きたいと思った時間に目が覚める。

習慣になったのは中学三年の頃かな。本格的に高校受験を意識し始めたときだから、もうかれこれ十年くらい経つ。

わたしは学生時代から、まだ誰も登校していない朝の教室が好きだった。

きれいに拭かれたまっさらな黒板。整然と並ぶ机たち。そこへ射すやわらかな光。

窓を開けると吹き込むさわやかな風と、澄みきった空気。グラウンドからは、朝練を始める野球部員たちの掛け声。

自分の席について、後ろ髪を結び直し、問題集を開く。筆箱から短くなった鉛筆を手にすると、背筋を伸ばして深く息を吐く。そして、小さく「ヨシッ」と呟いてから、目の前の問題に向かう。そんな時間が好きだったし、心底愛おしかった。

カーテンを開けると、部屋の奥までまばゆい光が届いた。

壁にかけたカレンダーは二月。

如月というのは、寒さが増して着物をさらに着るから、『衣更着』からきた、なんて説もある。

でも、今朝はずいぶんと暖かい。昨日までの寒さが嘘のようだ。

先週、怒濤の最終決戦を見届け、気づいたら二週目。

そうか、もう新年度か。わたしの仕事は、二月が新しい一年の始まりだ。

顔を洗って着替えると、早速洗濯機を回した。その間に近所をウォーキング。

中学でも高校でも、何かを暗記しようとするときは、歩きながらが一番記憶できた。登下校時、歴史上の人物に世界の地名、英単語に頻出表現。覚えたい言葉は頭のなかで映像にしたり、語呂合わせにしたりしてインプットした。右、左、右、左と、足の動きに合わせ、空の棚に一冊ずつ本を並べていくように、次々と知識が脳に収まっていく感覚だった。

でも、最近は違う。歩きながら、いつも考える。インプットよりもシンキング。

生徒の成績を伸ばすには？

彼らをやる気にさせる声がけは？

保護者の不安をやわらげるには？

これまで向き合ってきたのはずっと自分事。それがいまは生徒たちのこと、それぞれのご家庭のことで頭がいっぱいだ。

わたしの住むワンルームマンションは、坂道の多い地域にあった。向かった先にT字路が見える。まさに坂の中腹。この先は上り坂？　下り坂？　もちろんそれは、どちらの方向を目指すかによるのだけれど。

はたして、わたしの人生は上向いてきただろうか。

一瞬、過去の苦い記憶が心に影を落としかけた。

ダメ、ダメ！

慌てて首を横に振る。

何を弱気になっているの。自分の人生は自分の手で上向かせるんだ。

ウォーキングから戻ると、洗濯物を干しながら朝の情報番組を観た。

注目しているのはそのなかの一コーナー、『おひさまガールのスマイルチャレンジ』。

巷の子どもたちに人気のようで、わたしの受け持つ小学生女子の間でもたびたび話題になっていた。昨年の春先からわたしが観始めたのも、美咲（みさき）ちゃんから『面白いから、結衣先生も観てみて！』と熱烈に勧められたのがきっかけだ。アイドルとか漫画やアニメにはさっぱり疎いわたしにとって、勉強以外で彼女たちと同じ話ができるのは貴重だった。

『スマイルチャレンジ』はその名の通り、「おひさまガール」と呼ばれる女子中学生たちが一週ごとにミッションを与えられ、それに挑戦するコーナーだ。食レポやスポーツ、料理、ファッション、音楽など、取り上げるジャンルは幅広い。これまで流行という名の大河から大きく逸れた人生を送ってきたわたしには、目から鱗の情報ばかりでとても助かる。

なにしろ、いまどきの小学生はいろんな話題に詳しいから、自分の知らないことを「なにそれ？」なんてうかつに聞くと、「ええ、結衣先生、そんなことも知らないのー？」と盛大に驚かれてしまう。

それに、おひさまガールたちがいつもすてきな表情をするのだ。大変なミッションに苦戦しながら、ときに悔し涙を流し、それでもくじけず前向きな言葉を自分たちに投げかけながら、果敢に挑む。で、最後はいつも清々しい笑顔を振りまいてくれるんだから。大人が観ても胸アツで、パワーをもらえるいい番組だと思う。

今朝は、先月視聴者投票で選ばれた三人のおひさまガールが、選出された喜びと今後の抱負を語っていた。フレッシュな彼女たちがまた新たなミッションに挑む姿が待ち遠しい。

洗濯物を干し終えると、フライパンでベーコンエッグを作り、コーヒーを淹れた。その間に焼き上がったパンをトースターから出す。

そういえば、先日解いた理科の問題に、『トースター問題』なんてのがあったな。うちのは違うけど、トースターの庫内の金属の天井を、平らではなく丸い形にしている製品もあるらしい。で、【天井を丸い形にする利点とは？】と。

たしかこの問題、『廉廉』の過去問だった気がする。次の授業で美咲ちゃんに教えてあげなきゃ。って、トースターを見ただけでテスト問題を思い出すの、職業病なのかな。

パンをかじり、コーヒーを啜りながら、開いた問題集を解く。

こんなこと、学生時代にはできなかった。行儀が悪いからって母に禁止されていたし。でも、ひとり暮らしのいまは、これもわたしの日課だ。

たっぷり四時間は問題集に向かっただろうか。そういう課題があったわけじゃない。誰もいない教室で勉強するのが好きだったように、昔から鉛筆を握ると時間が経つのを忘れてしまう。ちなみにわたしは、シャープペンシルよりも鉛筆派だ。万年筆と同じように、鉛筆はノートへの書き心地が違う。それと、徐々に短くなっていくさまが、文字通り『身をすり減らして』頑張る同志のように思えてくる。だから、限界まで使った鉛筆の残りは捨てるのが名残惜しくて、昔から缶ケースにしまっていた。そのケースも、実家の押し入れを開ければ、いったいいくつ出てくるだろう。

飲みかけのまま冷めてしまった残りのコーヒーを胃へ流し込むと、テーブルを片付けてタブレットを開いた。

午後からオンラインによるミーティングが始まる。

『みなさん、こんにちは』

時間になると、画面に七緒(ななお)さんが映った。

わたしはこれまでの人生で、髪を肩より短くしたことはなかったけど、同じ女性から見て七緒さんのショートには憧れる。凛としたカッコよさがあって、キリッとした意志の強さを感じるし。それでいてやわらかい雰囲気もあって。エアリーショートっていうのかな。すごくオシャレだ。

画面をスワイプしてギャラリービューに切り替えると、先輩たちの顔が並んだ。七緒さんの人柄や経営方針に惹かれて転職してきた方が多いと聞く。年齢は七緒さんより上の、三十代、四十代の方も。皆さん、すてきなひとたちばかりだ。

それに比べ、画面に映るわたしは、地味を絵にかいたような姿。

自分で言うのもなんだけど、小さな頃から真面目で行儀はよかった。中学、高校と制服は着崩さなかったし、スカートの裾も縮めなかった。もちろん化粧もしなかった。遅刻も欠席もなし。これまた自分で言うのもなんだけど、聞き分けがよく、自己主張は少なめで。

いまもナチュラルメイクといえば聞こえはいいが、単に化粧が得意じゃないから工夫ができないだけで。髪は生まれてこのかた一度も染めたことがない。髪型も下ろしたままか、後ろでひとつしばりか、ハーフアップか。すごくオシャレしたときで内巻きか外ハネというのがバリエーションの限界だ。もう社会人三年目だというのに。

『篠宮、顔が無防備』

あまりにぼけーっとした姿を晒していたのだろう。七緒さんに指摘されてしまった。けっして強い口調じゃなく、クスクス笑われながら。

「は、はい、すみません」

わたしはすぐに表情筋をフル稼働した。

ああ、これじゃ、あの頃といっしょだよ。

高校時代は三年間図書委員を務めた。趣味の少ないわたしにとって、唯一の楽しみが読書だったからだ。一年生のときからそこだけはふてぶてしかったのか、あるいは能天気だったのか。業務中、受付カウンターに座っているときはいつも手元の本に夢中になっていた。そのせいで貸出希望の生徒が目の前に立っているのに気づかないこともたびたび……。

それである日、『bookworm(ブックワーム)』って呼びかけられて。焦って顔を上げると、三年生の図書委員長が腰に手を当て、困り顔で笑っていたんだ。

合縁奇縁と呼ぶべきだろうか。それからその図書委員長とは意気投合し、いろんな相談にも乗ってもらって、いまはこうして一緒に働かせてもらっている。

そんな高校時代の先輩、七緒さんは、わたしが勤める『プロ家庭教師ノーツ』の代表だ。

彼女は本当にすごい。なんでも『ノーツ』は、七緒さんが大学三年生のときに起業して立ち上げたのだという。都内だけでなく首都圏には、大手塾や個別指導、家庭教師と凄まじい数の競合他社がひしめき合っているというのに。それでもたった創業六年で、いまや社員は十二名。生徒の入会申し込みも途切れることがない。

『そんなに気を張らないで、リラックスしよ。篠宮も今日からいよいよ新小六の、受験学年担当かー。いろんな責任も増えるだろうけど、いっぱい寄り添って、いい受験にしていこうね』

七緒さんがお母さんのような、って言ったら怒られるかな？　訂正。お姉さんのような情に満ちた眼差しを向けた。

わたし、緊張しているように見えたのか。ううん、たしかに緊張していたんだろうな。無意識のうちに。

でも、七緒さんの優しげな表情と言葉が、そんなわたしの肩の力を抜いてくれた。

「ありがとうございます。わたし、頑張ります！」

なんだか気力がみなぎってきた。

『おっ、いい顔になってきたじゃん』

七緒さんは大きく頷いてから、今日のミーティングを進めていった。

わたしも今週のスケジュールや伝達事項をメモしていく。そうして三十分ほどの打ち合わせが終わると、退室ボタンを押した。

その場で大きく伸びをする。ふう。

わたしの緊張の原因って……七緒さんが言った通りかも。やっぱり、初めて受験学年を受け持つからなんだろうな。

『ノーツ』は中学受験に特化し、小学四年生から六年生を対象としている。

首都圏の私立、国立中学の受験者は毎年約五万人もいるらしいから、かける三学年で市場規模は十五万人。難関中学の受験となれば、塾と家庭教師の掛け持ちも珍しくないようだ。

ただ、そのぶんわたしたちには圧倒的な知識とテクニックが必要となる。知識というのは受験問題に対してだけじゃない。各中学の校風、特徴、受験科目、受験日程や倍率まで把握しなければいけない。それに、接するのは生徒だけでもない。我が子の合格を願って預けてくださる保護者がいる。この仕事はどちらかといえば、真の顧客である保護者とのコミュニケーションこそが重要だった。それが受験学年のご家庭となれば、いろんな要望や相談があるのは当然のこと。だから『ノーツ』では、入社してしばらくは小学四年生、五年生を担当し、まずはそこでいろんなご家庭のタイプやニーズを知っていく。昨年まで、わたしも同様に、四、五年生だけを見てきた。

そしてこの春。今月から、七緒さんに認められて、いよいよ受験学年の新小学六年生（『ノーツ』では二月から新学年で呼ぶ）も担当することになったのだ。

人生を左右するかもしれない、大切な彼らの受験を、わたしが支える。自分の人生もままならない、このわたしが。あらためて考えると震えそうになる。

あー、もう、またネガティブ思考。

ダメ、ダメ。そんなことじゃ。頑張るって決めたでしょ。

フッと息を吐いて、姿勢を整えた。

タブレットを操作し、今度は『ノーツ』のトップページを開いた。

そこへ教師用ＩＤでログインすると、リンク先へと飛ぶ。

画面に表れたのは『放課後ほっとクラブ』――通称『ほほっク』。ここは、『ノーツ』の生徒・保護者向けコミュニティサイトだ。

授業日程の設定や欠席連絡、面談日時の打ち合わせなど、こちらと各保護者とで相互にやりとりできる機能はもちろん、生徒の成績状況も双方で確認できる。保護者からは、子どもとの接し方についての相談も多い。

ほかに、生徒向けにはチャットタイムも設けていた。『ノーツ』の生徒なら誰でも参加でき、ときには『ノーツ』の教師たちが加わることもある。受験勉強に支障が出ないよう、日時指定で時間制限付きだけど、このチャットは人気があった。たぶん、みんな息抜きの場所を求めているのだろう。それに、中学受験という同じ目標を持っているからか、お互いの顔は知らなくても仲間意識が強い。学校の友人関係とか、親子関係の悩みを打ち明ける子も多いし、励ましあうこともあった。ここでは恋バナもあるし、推しの魅力を語りあう子たちもいる。

女の子たちが『おひさまガール』で盛り上がっていたのもこのチャットだ。

ここでの会話は、ああ、やっぱり小学生だなって、無邪気で純粋な等身大の素顔が見えてほっこりする。

さて、と背筋を伸ばした。

次に教師用サイトに入ると、担当する新小学六年生たちのプロフィールを読み返した。

わたしが担当する小学生は、新四年生二名と新五年生が四名、そして新六年生は三名。

六年生三人のうちふたりは昨年からの持ち上がりだ。

ひとりは、澤村怜（さわむられい）くん。

彼は昨年まで、サッカーのクラブチームでも活躍していた。いまも部屋には海外のスター選手のポスターを貼っている。将来はプロサッカー選手になってヨーロッパで活躍したいと話していた。ご両親はしつけや成績に厳しい方たちだけど、怜くん自身は快活ではきはきと話す子だった。

志望校は私立の男子校、東郷中学校。偏差値59だから、かなりの上位校だ。進学後はサッカーも勉強も頑張ろうとしていて、本当にすごい。

ふたり目は、及川美咲ちゃん。

志望校は私立共学校の難関、廉成教育学園廉成中学校——通称、『廉廉』。なんだかすごい呼び名だ。偏差値は69。それでも美咲ちゃんは、大手塾の実力模試でも常に『廉廉』の合格可能性80％レベルで、A判定をとってくる。だから一度、女子御三家だって狙えるよって話したこともあるんだけど、彼女の意思は固かった。どうやら共学で自由な校風の『廉廉』に強い憧れがあるらしい。

美咲ちゃんは、周りにも配慮ができる、とても心優しい子だ。チャットでは親身になって他の子たちの相談にも乗っているし、正直、わたし以上に先生っぽい気がする。それでいて、おひさまガールの話題になると小学生らしく無邪気に盛り上がるんだから。すごくいい子だった。

担当する新小学六年生の最後のひとりは、先月から担当し始めた、桐山カケルくん。

カケルくんはいつもニコニコしていて、怒ったりイラついたりしているところを見たことがない。マイペースのおっとり型、とでもいうのかな。そんなカケルくんのことを、母親の麻耶さんはとても熱心にサポートしてくれている。

でも……。

いまのままじゃ、うまくいかない気もしていた。

この親子には、『中学受験に必要なふたつのこと』が欠けていたから。

春／動機

Lesson1　桐山家の場合

1

「やっぱり東大卒の先生は違うわねー！」

わたしがプリントを広げると、麻耶さんは大袈裟に思えるほど感心した。

紙面には、これまでにカケルくんがしたミスの分析と今後の指導方針をまとめていた。

「いえ、そんな。こういった準備は『ノーツ』の授業では標準ですから」

そう答えても麻耶さんは、「ううん、さすが東大卒の先生よ。わたしなんて絶対に真似できないもの」とうなる。

ここは桐山（きりやま）家のリビング。

一月から担当し始めた、新小学六年生、桐山カケルくんのお宅だ。

門扉の周りがたくさんの花で彩られた一軒家で、築年数はずいぶん経っているように見えるものの、なかに入ると玄関やリビングがいつもピカピカだった。

わたしは、授業のある日はスーツに着替え、夕方電車で出勤することが多い。その際には直接ご家庭に向かう。今日はまだカケルくんが学校から帰っていなかったので、母親の麻耶さんには、先に先月の授業報告をしているところだった。

麻耶さんは愛想がよくて、明るく元気。美しいというよりはかわいらしい雰囲気だった。メイクも髪型も若々しくて、いつもハツラツとしている。

そして、もうひとつ。麻耶さんはわたしのことを、ものすごく褒めてくれる。

『やっぱ東大卒だわー』、『さすが東大！』、『東大メソッドね』、『東大憧れるなー』、『東大卒の先生にしてよかったー』、『東大クオリティ！』などなど、初めて担当した日から、それこそ何度も『東大』という言葉で褒めちぎられた。

わたし、篠宮結衣は、たしかに東京大学を出ている。

勉強しか取り柄がなかったから、学生時代からただひたすら机に向かってきた。わたしにとって東大卒は、なんとかつかんだ『努力の証』のようなものだと思っている。

ただ、自分から出身大学を名乗るのは控えていた。なんとなくおこがましいというか、聞く人が聞けば鼻につくだろうから、あまり積極的には口にしない。『東大なんですね』と言われたときにも、返事の仕方次第で反感を買うことがある。そういう経験は過去にもいっぱいしてきたし。控えめに謙遜するのも、すごく気を遣った。

でも、麻耶さんだけは違った。本当にベタ褒めしてくれるのだ。

そもそもわたしが桐山家の担当になったのは、麻耶さんが東大卒のわたしを熱望してのことらしい。『ノーツ』で東大卒はわたしだけだった。まだペーペーの自分を指名していただけるのはありがたいことであるものの、学歴だけをもてはやされている気がして、ちょっとだけ居心地が悪いと感じているのはここだけの話だ。

「ただいまー」

リビングのテーブルで麻耶さんと話していると、カケルくんが帰ってきた。

「おかえりー。今日の学校はどうだった？」

「楽しかったよ」

麻耶さんの問いかけに、カケルくんが明るく答える。

「カケルくん、おかえりなさい」

わたしからも声をかけると、「結衣先生、ただいまー」と白い歯を見せた。

カケルくんは、素直で明るい。いつもニコニコしていて、そういうところは麻耶さんに似ている。担当してまだ一か月だから、もちろんわたしが知らないことも多いだろうけど、不機嫌になったり怒ったりした彼の姿を、いまのところ一度も見ていない。すごくおっとりとした子だった。

「ねえ、ママ。体操教室はいつ？」

「体操は明日」

「あれ？　明日はお絵描きじゃなかった？」

「絵画教室は明後日でしょ」

「ああ、そうかー」

カケルくんには習い事が多い。わたしの授業は週一回だけど、ほかの習い事で五日は埋まっているらしい。麻耶さんは、『カケルがやりたいと言ったことは、なるべくやらせてあげようと思うの』と言っていた。

「前に一週間の予定表をまとめたでしょう。あの紙、見てないの？」

「うーん、どうしたかな。どっかいっちゃったかも」

きまりが悪そうにうつむくカケルくんに、麻耶さんは「もうー。しょうがないな。またママが作り直しておくね」と答えた。

その後、カケルくんがソファでくつろぎながらひとしきりおやつを頬張ったところで、授業に移った。

授業中はドアを開けたまま、カケルくんの部屋で行う。

「カケルくん、この計算、前回やったのと同じやり方だよ」

最初に算数の問題集に取り組んでいたとき。途中で手が止まってしまった問題を見ると、先週教えた問題と似ていた。

「え、そうだった？」

カケルくんが首をひねる。いま解いている問題はたしかに複雑な計算だったものの、解き方の手順は丁寧に説明したつもりだった。

「うん。ちょっと忘れちゃったかな？　宿題でも同じような問題が出てたよね。そのときは正しく計算を書き直してなかった？」

「そこはママに教えてもらって、一緒にやったの」

「カケルくん、自分でちゃんと解答集の解説、見てる?」

「ううん、見てない。なんで?」

「この問題集、解答にすごく詳しい説明が載っててね。自分の計算がどこで間違えていたかとか、読むとわかるようになってるんだよ」

カケルくんはマイペースな子だったから、あくまで穏やかに、優しく伝えた。

でも。

「ママがね、答えは見ちゃダメだよって」

おっとりとした口調で、カケルくんがわたしを見る。まるで、わたしをたしなめるような目で。

ううむ……。

どう返すか迷って言葉に詰まる。

行儀よく、一見聞き分けのよさそうな子なんだけど、カケルくんの勉強はいろんな点に課題があった。たとえば算数では、解答集に途中計算まで載っているのに、それを確かめようともしない。答えを見るのはよくないと思い込んでいるのだ。

「この問題、どこから計算するんだった?」

ちょうど、分数と小数が並ぶ四則計算の一部が( )でくくられている問題でも。

「どこだったかなあ」

カケルくんが「うーん」とうなりながら考え込む。

「＋－と×÷だったら、どっちから計算する？」

「あ、×と÷だ！」

「そう、さすがカケルくん！」

わたしが褒めると、気をよくしたカケルくんは類題もどんどん解いていった。

ただ、正直、あまり喜べはしない。

だって……このやりとり、先週もしているんだもん。

そのあとも、何かと手こずった。

「カケルくん、この問題、ノートに解き直してみようか」

そう伝えても、ミスした箇所を赤で書いて終わり。

「同じミスを繰り返さないように、途中式も書いておこうね」

と言えば、途中式を写しただけ。

ミスした箇所がどういう理由のミスなのか、その都度説明し、それからカケルくんにはもう一度説明し直してもらった。すると、聞いているときには「うん」「わかる」「大丈夫」と返事をしても、いざ、一から説明するように伝えると、いくつかは答えられないこともある。もちろんそういうことは、カケルくんに限ったことじゃない。いま教えている四年生や五年生もそうだった。小学生なら当然だと思う。

でも、自分で説明できることこそが本当の理解につながるので、やっぱりこの時間は大切にしていた。

途中式を飛ばして頭で考えてやろうとするのも、理解にブレーキをかけることになる。

本当に慣れて、もう途中式なしで大丈夫という問題ならともかく、初めのうちは自分の考えた足跡を残すのが重要だ。仮にミスをしたときに、どの過程で間違えたか確認しやすいし。このへんの指導は根気強くやるしかない。

でも……。

このままじゃダメだと思った。

問題なのは、受け身な姿勢のカケルくんだけじゃない。

深刻なのは、母親の麻耶さんだ。

カケルくんに出している一週間分の宿題は、すべて麻耶さんが採点していた。

「カケルはちっちゃい頃から字の書き間違いが多くて。自分で採点させたら違ってても平気で丸をつけちゃうの」

困り顔でそうこぼす麻耶さんは、カケルくんの書き間違えた箇所に付箋を貼っている。その数はひとつやふたつではなく、問題集がゴワゴワに膨れて見えるほどだった。

ミスした問題の直しも麻耶さんがしていた。

「あの子にやらせると、結局答えを赤で書いて終わりにしちゃうから、詳しく書いてあげないと」

これが麻耶さんの言い分だ。

ただ……。

それじゃ、受け身なカケルくんがもっと受け身な子になってしまいませんか？

何度、口にしかけたことだろう。でも……。

「親にできることなんてそれくらいしかないでしょ。わたし、少しでも篠宮先生の力になりたいの」

そう言われてしまったら、出かけた言葉も飲み込むしかない。

わたしの母は、わたしの勉強にはほとんど口を挟まなかった。まあ、わたしが勉強ばかりしているのを逆に心配されたことはあったけど。受験が近づいた冬には、夜食におにぎりと豚汁を作ってくれた。あの味はいまも忘れられない。だから、母親の子に対する愛情はありがたいものだと思っている。

それでもやっぱり……カケルくんの受験はこのままじゃダメだ。

宿題の採点も、ミスの直しも全部麻耶さんがやっている。麻耶さんは、何から何までお膳立てしてあげることを、子どものためだと思っている。

「ねえ、篠宮先生、カケルにはこの学校なんてどうかな」

カケルくんの休憩中に、リビングのテーブルで麻耶さんから中学校のパンフレットを見せられた。

そこはミッション系の私立共学校で、中高一貫の大学附属校でもあった。

「カケルってマイペースでしょ。だから、あんまり校則が厳しくて競争ばかりの学校は、あの子に合わないと思うの」

たしかに、それにはわたしも同感だ。

「その点、ここは魅力的なの」

パンフレットの巻頭ページには、礼拝堂の写真を背景にして、自由と自主性を重んじる教育理念が書かれていた。

毎日聖書の言葉を聞き、讃美歌を歌って、祈りを共にする心の教育。

麻耶さんのご家庭は信徒というわけではないみたいだけど、聞けば信徒は在校生の二割弱で、理念に共感さえできれば宗派などは問われないようだ。

「わたし、田舎の公立中学だったの。校舎もさびれててね。よく漫画やドラマできれいなキャンパスライフを送ってるヒロインを見るたびに憧れてたなー」

麻耶さんは少女時代に戻ったようにうっとりとパンフレットの写真を眺めた。

ボランティアに聖歌隊、国際交流にクリスマスの集い。

わたしも地方の公立中学、公立高校出身だから、そこに広がる学園生活は、夢のようにキラキラしているように見えた。

「カケルくんもお母さんが話してたあのミッション系の中学に行きたいの？」

休憩のあと、勉強を再開してから、ふとカケルくんに聞いてみた。

「うーん……わかんない」

カケルくんは視線を目の前の問題集に向けたままだった。

行きたいのか行きたくないのかくらいはすぐに返事がもらえると思っていたから、その返答にはちょっと焦った。

「もちろんまだわかんないことが多いと思うけど、たとえば学校見学があったら、行ってみたいって思う？」

フォローしながらあらためて聞いてみると、「ママは行きたいって言ってたよ」と。

「……」

カケルくんの気持ちを聞いたんだけど……。

「カケルくんは？」

「行ってもいいかな」

「どっちでもいいってこと？」

「うん」

「……」

ふうぅ……。わたしは気づかれないように心でため息をついた。

中学受験のための勉強を始めたんだから目標や目的もはっきりしているはずって、きっとそんなの、こっちの勝手な思い込みなんだろう。カケルくんはまだ幼い。純粋というか、無邪気というか。まだ小学生だし、何になりたいとかどうしたいとか、はっきりしない。

　はたして、わたしはどうだっただろうか。そもそも中学受験なんて考えたこともなかったし、地方の小学校だと受験組はクラスに何人かいる程度で、その子たちのことも別世界に旅立っていく子たちだって思っていたくらいだ。

　でも、ただの勉強じゃなく『受験勉強』を始めるんだったら、やっぱり目標を持ちたいし、持たせてあげたい。何に向かって頑張るのか。目標があるから大変でも苦しくても乗り越えられるんじゃないかな。

　カケルくんは、自分では志望校が見つからないと言うけれど、せっかくなら将来の夢に近づく道を歩んでいってほしい。

「カケルくんは将来、何になりたい？」

　受験したい中学は出てこなくても、大人になってやりたいことならあるのでは？と思って聞いてみた。

　すると彼は、ひとしきり「うーん」とうなってから、

「結衣先生は、なんで先生になったの？」

と聞き返してきた。

　カケルくん、ずるいよ、質問返しは。

　いきなりのリターンに戸惑いつつ、わたしは平静を装った。

「わたしはね、スポーツが苦手で、運動会やマラソン大会はいっつも後ろから数えたほうが早かったの。泳ぐのも球技も苦手で」

「結衣先生、全部苦手じゃん」

カケルくんがニカッと笑う。それは嫌みを感じさせる笑いじゃなくて、運動を苦手とするわたしに共感するような笑みだった。

「そうなの、それに歌やダンスもへたっぴでね」

カケルくんの前だと、自分を繕わずにさらけ出せるのは不思議だ。

「でも、勉強するのは嫌いじゃなかったの」

「結衣先生、すごいね」

「カケルくんに褒めてもらえるとうれしいな」

勉強を頑張っていたとき、母や先生たちからは同じように励まされた。でも、高校時代の同級生、とくに男の子たちからは、あまりよく思われていなかった気がする。職員室の前に実力模試の上位者表が貼り出され、学年トップに名前が載ったときだって……。わたしにかけられた『すげえな』っていう言葉には、呆れや反感とか、嫌悪するようなニュアンスが含まれていた。

「へへ」

カケルくんも照れ笑いを浮かべる。

「頑張ったら頑張っただけわかるようになって、わかったら自信がついてきて、もっと解きたくなるの」

「でも、わかんないときは？」

カケルくんが聞いた。

「わからないときも、解けるまで何度も練習するの。どんな問題でも絶対に解くためのポイントやヒントがあるから、それを練習して覚えるんだ」

「へえ、やっぱ結衣先生はすごいや」

「カケルくんだってわかるようになったこと、いっぱいあるでしょ」

「そんなにないよ」

彼はうっすら笑みを浮かべたまま首を横に振った。

「じゃあ、そうだな。三年前、二年生の終わりごろに習った、時計の針の問題。あれは最初からバッチリ解けてた？」

「ううん、たまに間違ってた」

「じゃあ、いま同じ問題解いたら解ける？」

「うん、解ける」

今度は自信満々に頷く。

「なんでだろうね」

「だって、二年生の問題なら簡単だよ」

「でも、二年生のときには間違えることもあったんだよね？　ていうことは、カケルくんはたくさん練習して、この三年間でわかるようになったってことじゃない？」

するとカケルくんは、わたしの言葉に目を輝かせた。

「うん、そうかも！」

「ほかにもそういう問題、たくさんあると思うよ。いま頑張ってる問題だって、きっと、これからもっとできるようになるから」

「ホント？」

「ホントだよ」

それは、絶対にそうだ。勉強だけが取り柄のわたしが、そうだったから。

それに、中学時代の親友も。

その話をカケルくんにしてみた。

「先生にはね、中学のときにとっても仲のよかった友達がいたの。紗雪（さゆき）っていう子なんだけど――」

紗雪は明るい子だった。

ノリがよくて、裏表がなくて、男子にも女子にも友達が多くて。ダンス部に入っていて、音楽やドラマが好きで、よく笑った。地味なわたしと比べたら、対照的なポジションにいた。それなのに、彼女はわたしによく話しかけてくれた。そんな紗雪も唯一勉強だけは苦手だったので、ノートを見せてほしいとか、わからないところを教えてほしいとか、わたしに何かとお願いしてきた。

それって、体（てい）よく利用されてただけじゃないの？

この話をすると、聞いていた相手からは、たいていそう返される。

たしかに、ひょっとしたら最初はそうだったのかもしれない。でも、ひと見知りだったわたしに、彼女は遠慮なく飛び込んできて。ふつう人間には、パーソナルスペースというのがある。他人に侵入されると不快に感じる空間っていうのかな？　わたしはたぶん、そのスペースがひとより広かった自覚があるんだけど……。不思議なことに、紗雪に声をかけられるのはイヤじゃなかった。

彼女が解けない問題をわたしが教えてあげると、紗雪は『きゃー、わかったー！　さすが結衣、すてきー！』とか、『ホント、教え方うまいよねー』と無邪気にはしゃいだ。わたしは彼女の言葉がうれしくて、その笑顔にも癒されていた。

それからだんだん一緒に帰るようになって、休みの日にはふたりで海や遊園地にも行った。高校は別々になっちゃったけど、そのあとだって仲がよかったし、いまも彼女とは親友だ。

「だから、わたしは教えることを続けたいって思ったの」

時折ちょっと照れながら、紗雪との思い出をカケルくんに話した。

カケルくんはいつもより大きく頷きながら、興味深そうにわたしの話を聞いてくれた。

「僕も結衣先生みたいに、先生になろうかなー」

それは独り言のような呟きだった。

わたしはうれしさを噛みしめながら答えた。

「カケルくんならなれるよ」

ただ……。

わたしにはカケルくんに話していないことがある。

『ノーツ』に入る前のわたしについて。

こんな無邪気な生徒を前に、あの薄暗い過去には触れられなかった。

2

そして一週間後、ふたたびカケルくんの授業日。

その日もカケルくんはまだ学校から帰っていなかったので、麻耶さんからはソファでお茶を勧められた。

ふと、リビングの本棚に目をやると、先月からどんどんと書籍が増えていることに気づいた。棚のなかに入りきらないぶんは上に積まれている。ざっと五十冊は超えている。ぎっしりと並ぶのは、中学受験に関連する本ばかりだった。

『決め手は親！　最高のサポート術』、『受験で深める親子の絆』、『子どもが受験で困らないように』、『家族で挑む中学受験』、『絶対合格の法則』、『中学受験で伸びる子』などなどのハウツー本。なかでも、ご自身のお子さん四人を全員御三家から東大に合格させたカリスマ・ママ——通称、佐藤（さとう）ママの指南書はとくに目立った。彼女のことはわたしもテレビや雑誌で何回か目にしたことがあるけれど、その著作数にはびっくりだ。こんなに出していたとは……。そして、麻耶さんの心酔具合にも。もう、ぞっこんだった。

他にも、各教科の参考書、受験情報誌、そして中学案内の数々。

「カケルはまだ子どもでしょ。やりたいことはなんでもやらせてあげたいけど、将来の夢とか本当に行きたい中学とか高校とか、なかなか自分じゃ目標なんて立てられないと思うの」

だから、麻耶さんが全部調べているのだという。

聞けば、麻耶さんには学歴へのコンプレックスがあるようだった。

もともと地方の公立中学、公立高校を卒業し、短大を出て百貨店に就職したらしい。

「うちは父に甲斐性がなくてね、昔からあんまり裕福じゃなかったの。習い事もさせてもらえなかったし。両親とも口には出さなかったけど、たぶん『女は勉強なんてほどほどでいい』っていう考えがあって。わたしだって、学生時代にもっと家族に応援してもらえてたら、何かの分野で才能が開花してたかもって、そう思うときもあるんだ」

女だけど勉強しかしてこなかったわたしには、ひときわ難しい話題だ。

「勉強もそう。塾や予備校に通えてたら、もうちょっと頑張れたのにな、とか。篠宮先生みたいにはなれなくても、少しはいい大学に行けたんじゃないかなって」

それにはなんと答えていいのかわからず、笑顔で頷くしかなかった。

「もちろん、いまの生活に不満はないの。旦那が頑張ってくれてるし」

百貨店で受付をしていたときに、本社に勤めていた旦那さんと出会ったとか。

「ただあのひと、カケルの受験にはあんまり興味がないみたいで。前にちょっと相談したときも、『やる気は本人次第じゃない？』って、なんか他人事なの」

男親ってそんなもの？　と麻耶さんは肩をすくめた。

なんとなく麻耶さんの気持ちはわかった。

息子には、学生時代の自分のような思いをしてほしくない。だからこそ、ちゃんと自分が導いてあげなければ、という親心だろう。

わたしは……、どうだったかな？

麻耶さんの話を聞きながら、自分の学生時代を振り返ってみた。

小学校時代、中学受験するクラスメイトたちには感心するように特別な目を向けていた。すごいなーって。でも、わたし自身はあまり何も考えてなくて、そのまま地元の公立中学に進んだ。本当に本気になったのは、高校受験を目指した頃からだろうか。どんな大学に行きたいっていう目標はまだなかったけど、シンプルに勉強は好きだった。ううん、それよりも努力が結果に結びつく感覚が好きだったのかも。

そうして、住んでいた地域でトップ高と謳われる公立高校に入ってからも、定期考査では自分でもびっくりするくらい上位に入れて。それからだ。担任の先生から、東大なんてどう?って勧められるようになったのは。母も、チャレンジできるんならしてみたらと背中を押してくれた。寡黙な父だけは、内心どう思っていたのか、いまだにわからないけど……それでも、

『行きたいなら行きなさい。お金の心配はしなくていいから』

と言ってくれた。

わたしは当時、どう考えていたんだろう。たぶん、将来のこととか、何も深くは考えていなかったかも。

『うちの高校から東大なんて、毎年片手で数えて足るほどしか入ってないの。だから受けられるだけでもすごいことだよ。せっかく全教科コツコツ頑張ってきたんだし、ダメもとでも挑戦してみたら?』

高三のときには担任や学年主任だけじゃなく、教頭先生にまで勧められて……。そんななりゆきから、周囲の期待だけで東大を受けた。イヤじゃなかったし、無理に受けたわけでもない。

わたしはただ、勉強で褒められることがうれしかったんだと思う。

カケルくんが学校から帰ってくると、おやつタイムを挟んで授業を始めた。

あらためてその勉強のしかたを見てみると、想像以上に大変なレベルだった。

書き間違いやケアレスミスは一向に減らない。先週も先々週もやった、分数と小数が並ぶ四則計算の一部が（　）でくくられている問題で、また同じミスを繰り返している。

「＋－と×÷だと、どっちから計算するんだった？」

「×÷！」

「そうそう、カケルくんわかってるじゃん。でも、どうしてだろうね？　宿題だと、また同じ間違いをしてたよ」

「うーん、なんでかなぁ」

カケルくんは不思議なものでも見るように自分のミスを見つめた。

だったら、ここは。

『ミスぐる法』の出番だ。

我ながら、なんとも言えないネーミングセンス。これだけはどうしようもないけれど。でも、ふつうに説明するより〇〇法って変な（あ、自分で『変な』って言っちゃった……）名前のほうが、生徒たちにはウケがよかったし、断然頭に残りやすい。

これはケアレスミスを減らすための勉強法だ。他の生徒たちにもよく紹介している。

ミスした問題を振り返るときに、効果が薄いのは、答えを赤で書いて終わり、とか、算数だったら、式を書き直して終わり。それだけじゃなくて、ミスしたポイントにぐるっと丸をする。で、そこに吹き出しを作って、なんでそのミスをしたのか余白に残しておく。チェックはアンダーラインじゃなくて、ちゃんと丸で。しかも目立つように囲む。

もちろんそれは、ミスしたときだけでなく、文章題だったら解くときに、問題文へのチェックでも使える。よくあるケアレスミスって、あとで振り返ったら、ホント信じられないようなつまらないミスばかりなのだ。わたしだって大事なテストで経験がある。

でも、同じミスを何度も繰り返していたら、それはもう凡ミスでもケアレスミスでもなく、『致命的』な『実力通り』のミスだもの。だからいつだって、『ミスぐる法』で自分のしやすいミスの傾向をつかんでおくべきだ。

カケルくんの勉強は、もうひとつ、理科や社会でも気になることがあった。

たとえば地理。さまざまな地域の工業についての設問で。

「中部地方の工業といえば、何工業地帯？」

「中京工業地帯！」

「正解。じゃあ、静岡県富士市で盛んな工業は？」

「製紙とパルプ業！」

「さすがカケルくん」

こういう一問一答式の問題は、何度もやってきたおかげで強かった。知識がちゃんと頭に入っているのはすばらしいことだ。ただ、中学受験では、こんな短答式問題の出題は多くない。

むしろ、その先。『なぜ？』が問われる。

「じゃあ、富士市で製紙工業が盛んな理由は？」

「うーん、なんだろう」

ひと言で答えるなら、【地下水が豊富なため。】だ。

富士市が富士山のふもとにあることを考えればいい。

実はカケルくん、先月にも似たような問題をやっていた。

そのときには、【工場が海沿いに多い理由は？】だった。

直接の答えは違っても、『なぜ？』に対して立地の目的を問う問題は王道だと思う。だから、日本全国いろんな地域の『なぜ？』を調べて、ノートにまとめ、『そうなんだ！』と納得を重ねていく。

生徒たちには、それを『なぜなぜ集約法』と紹介している。

（またしてもネーミングセンス……そこはもう、いいよね……）

やり方はこうだ。

まず、教科書や問題集に載っている単元の要点をまとめてみて、そのなかの『なぜ？』を探していく。

なんで、四国には柑橘類が多いんだろう。

北陸で米作りが盛んな理由は？

知識を覚えるだけでは、ただの丸暗記だ。暗記だけの勉強は苦痛にもなるし、興味がなければ覚えられない。仮に暗記できても、受験ではそれだけじゃ通じない。

その点、六年生のなかでも難関校を志望している及川美咲ちゃんはさすがだった。

『ノーツ』のコミュニティサイト『放課後ほっとクラブ』——『ほほっク』のチャットで出してみた、過去問にもあったトースターの問題。

【トースターの庫内の金属の天井を丸い形にする利点は？】

に対して、

【あ、答え、まだ言わないで。考えてみる！】

と解答時間の猶予を求めてきた。それからいろんな思考を巡らせたんだと思う。

で、美咲ちゃんの答え、

【天井を丸くすると、ヒーターから発せられる遠赤外線を、網の上のパンに集中してあてられるから。】

ほぼ模範解答通りの大正解だった。

次の授業で彼女は、とあるノートを見せてくれた。そこには美咲ちゃんが日常生活で感じる数々の『なぜ？』と、彼女なりに調べてみたそれぞれの理由がびっしりと並んでいた。

トースター問題を皮切りに、ひとつの興味から視野を広げていく。すごくいい勉強だと思う。

カケルくんにも、なんとかしてそういう勉強のしかたを定着させたい。教えられたことだけ覚えて、関連知識は答えられない。『なぜ？』が出てこない。いまの、完全に受け身な状態からの脱却。

どうしたらできるんだろう？

いくつか実践している勉強は、応急処置にはなると思う。でも、このままじゃ彼は、たぶん合格できない。

カケルくんには……ううん、カケルくんと麻耶さんには、『中学受験に必要なふたつのこと』が欠けているから。

3

勉強の休憩中。

わたしがお手洗いから戻ってくると、カケルくんがクローゼットを覗き込んでいた。

「どうしたの？」

声をかけた瞬間、その背中がビクッと跳ねる。部屋のドアはいつも開けっ放しにしている。していたせいか、わたしの気配に気づかなかったらしい。

カケルくんは、なかが見えないよう、盾のようにすき間に覆いかぶさった。いつもおっとりしている彼にしては、動きが機敏で、しかもちょっとうろたえている。

何か、見られちゃまずいものが入っているのかな……？　え、え、なんだろう。

ゲーム？　ううん、麻耶さんがカケルくんはゲームには興味がないって言ってたし。

じゃあ、まさか……？　わかんないけど、小学校高学年にもなれば、男の子はあっちのほうの興味も持ったりするのかな……。え、でも、どうしよう、ヤダ……。

気まずい！

わたしの動揺が完全に表情に出ていたせいだろう。カケルくんもどう反応していいのかわからなくなったのか、「ママには内緒にしてね」と観念して、クローゼットを開いた。

きゃっ！　……ん？　え？

なかには、城の模型が置かれていた。底面はちょうど、開いたノートを二冊並べたほどの大きさで、天守閣までの高さもなかなかの、壮観な模型だった。

「え、お城？　カケルくんが作ったの？」

想像と違っていたことに安堵しつつも、思いがけないものに直面してまた頭が混乱する。

「うん、そう。何城かわかる？」

「ごめんなさい、全然わかんない」

「彦根城だよ。現存十二天守のひとつで、天守が国宝指定された五城のひとつでもあるの」

こんなにハキハキ、スラスラしゃべるカケルくん、初めて見た……。

そういえば、前に麻耶さんが話していた。習い事にも少し移り気で、始めたりやめたりを繰り返すカケルくんだけど、お城への興味は小さい頃からあったという。なんでもお父さんが大のお城好きで、家族旅行の行き先はいつも名城ばかりだったとか。麻耶さんは、『わたしには全部同じに見えるんだけどね』と苦笑いしていた。

「カケルくん、詳しいねえ」

「お城好きだもん！」

カケルくんが胸を張る。

もっと教えて、と声をかけようとしたところで、あ、授業をしなきゃと我に返った。

彼もつられるように、ドアの外を気にして口に手を当てる。

「どうしたの？」

と聞くと、「ママに聞かれてなかったかな」と小声でささやいた。

わたしはそっと、ドアの外の廊下と、その先のリビングを覗いた。リビングのドアは閉まっていて、麻耶さんはこちらには気づいていないようだ。

「大丈夫だよ」と伝えると、カケルくんは「ふうー」と息を吐いて安堵していた。

「知られちゃ困るの？」

「だって、ママが……」

なんでも、今年は受験学年だし、あまりにも城のことに没頭しては勉強が手につかなくなると心配した麻耶さんが、趣味は制限したほうがよいだろうと考えたらしい。

【子どもが趣味にのめり込んだら、受験は失敗します。】

【目に見える場所にある誘惑は親が取り除くこと。】

あとで知ったことだけど、佐藤ママの本にもそう書いてあった。

「それにしても、よくできてるね」

カケルくんの組み立てた城はお世辞抜きで立派だった。こんなに精巧な模型、よく小学生に作れたなと感心してしまう。

そういえば彼は、歴史の、それも戦国時代から江戸時代にめっぽう強い。……って、いけない、いけない。脱線が続いちゃった。

早く授業を再開しないと――と、急いで次の問題に移ろうとしたとき。

カケルくんがテーブルの下のプリントに気づいて拾い上げた。彼に渡す問題用紙に紛れていたもので、しかもそれが何かの拍子に床に落ちたらしい。見ると、それは明日担当する予定の、別の小学五年生のご家庭向けの問題だった。

「これ、なあに？」

「適性検査の問題だよ」

中学受験は、学校によって形式がさまざまだ。

首都圏で私立の中学受験に多いのは、国語・算数・理科・社会の四教科、もしくは国語・算数の二教科受験。一方、公立中高一貫校では適性検査というものが行われる。適性検査では、教科の垣根を超えた総合的な学力を問う問題や作文が出題される。だから、私立中は『受験』で、適性検査は『受検』と表す。

「やってみたい！」

急にカケルくんが興味を持った。

「ごめんね、これはカケルくんに用意したプリントじゃないんだ」

「でも、面白そう」

たしかに適性検査問題は工夫を凝らした問題が多いから、見た目がクイズっぽいものもある。

彼が目にしているのは、理科の『光の進み方』を題材にしたもので、

【スプーンの膨らんだ面とへこんだ面それぞれに映った自分の顔を描きなさい。】

という問題だった。

本来は予定になかったけど、これはこれで立派な理科の問いだし、一問やってみてもらおうか。それに、カケルくんが勉強に対してこんなに生き生きとした表情を見せたことが新鮮でうれしかった。

彼は意外にも、自分の顔のイラストをスラスラと描いていき、そして、一分も経たないうちに完成させた。

「よく描けたね。正解だよ！」

「わーい。いつもプリンやケーキを食べるとき、スプーンを鏡みたいにしてたから」

カケルくんが満面の笑みを浮かべる。

「へえ、実際に映したことがあったんだね」

「でも、どうしてこうなるの？」

今度は不思議そうにわたしの顔を見た。

おっ、と思った。カケルくんから興味を示すなんて。

「うん、理由を説明するね」

それからわたしは、スプーンを上から見た、上部のカーブを描いて、順番に説明していった。

「へえ、そういうことかー」

彼は感心しながら、キラキラと目を輝かせた。

その日、その後の授業は予定していたカリキュラムを仕上げていった。

帰り際、麻耶さんには、宿題の採点をカケルくん自身にしてもらうようお願いした。自分ではきっとうまく採点できないという麻耶さんには、まずカケルくんが採点し、そのあとで麻耶さんにチェックしてほしいことを伝えると、『篠宮先生がそう言うなら』と、なんとか了承してくれた。

桐山家を出て、駅に向かった。

夕暮れの道を歩きながら、

『結衣先生は、なんで先生になったの？』

カケルくんからの質問を思い出した。

わたしが彼に話した理由は、もちろん嘘じゃない。もともと勉強しか取り柄がなかったことも、紗雪という親友と過ごすなかで、ひとに何かを教えることが楽しくなったことも。

でも、大学を卒業して最初に就職したのは、『ノーツ』じゃない。

――あれ、東大出てるんだよね。そんなこともできないの？

――なあ篠宮、きみはエリート街道を通ってきたんじゃないのか。

――まあ、しょせん文Ⅲだし。

――学歴ってなんだろうね。

悪意ある声の数々が頭のなかに湧き出してきた。

ヤダ、やめて……お願い……。

急にめまいがして、その場にしゃがみこんでしまった。

大丈夫、わたしはギュッと両耳をふさぐ。

わたしは大丈夫……わたしは大丈夫、わたしは大丈夫、もう過去のこと、過ぎたこと、わたしは大丈夫、わたしは大丈夫……。

呪文を唱えるように心で念じ続けた。

ようやくイヤな記憶に蓋をすると、静かに目を開け、立ち上がった。

わたしは大丈夫。

それよりいまは、大事な子どもたちのために、頑張るって決めたんだから。

みんなを応援できるひとになるんだ。

わたしは気持ちを切り替えて、カケルくんが充実した受験をするために何が必要かを考えた。

城について熱く語っていた姿。

光の進み方の原理を、興味津々で聞いていたときの目の輝き。

そんな場面が脳裏に浮かび、ハッとした。

そうだ！

カケルくんにとって大切なことは……。

4

　そして、次の授業日。

　カケルくんはわたしが用意した適性検査問題に興味を持ち、頭を悩ませながらも楽しそうに解いていた。途中で「そろそろ休憩する？」と聞いても首を横に振って、「もうちょっと」と続ける。今日彼が取り組んでいるのは、わたしが選定したものだ。いろんな地域のさまざまな問題から、とくにカケルくんが自分から学びたいと思うきっかけになりそうな、さらには難易度が高すぎないレベルの問題をピックアップしていた。

　授業が終わると、カケルくんには「ちょっとママとお話ししてくるね」と伝え、リビングに向かった。

「麻耶さん、少しいいですか」

「あら、篠宮先生」

　麻耶さんはダイニングテーブルで、本を読んでいるところだった。

　表紙には笑顔の佐藤ママが見える。

「今日もお疲れ様。いまコーヒーでも淹れるわね」

「いえ、大丈夫です」

麻耶さんは「そう？」と、上げかけた腰を下ろした。

わたしも勧められた席につくと、

「カケルくんの志望校のことなんですけど」

さっそく麻耶さんに話を切り出した。

「ああ、ちょうどよかった。そのことだけど、前に篠宮先生にも見てもらった中学の礼拝堂で、今度一般向けの講話があるんだって」

麻耶さんが話しているのは、例の、ミッション系の中学のことだろう。

「あの、麻耶さん」

「ん？」

麻耶さんは意外そうな顔をしてわたしを見た。

会話を遮ってしまってごめんなさい。でも、ここで言わなきゃ。

「カケルくんは、適性検査で受けられる中学を希望しています」

一息に伝えた。

「カケルがそんなことを？」

「はい。そのなかでいくつかの学校の校風に興味を持ったようです」

「でも、あの子はまだ、将来やりたいこととか、何もわからないでしょ。飽きっぽいところもあるし。だったら、きっとこの学校のほうが合ってると思うの」

麻耶さんはちょうど脇に置いていたパンフレットを掲げた。表紙には緑に包まれたキャンパスが写っていて、自由と自主性を重んじる教育理念が書かれている。

「聖書の言葉を聞いて、讃美歌を歌って、祈りを共にして。そんな環境で生活できたら、すごく心が安らぎそうでしょ」

たしかにそうかもしれない。麻耶さんにとっては憧れの学校なんだろう。

でも……。

でも、カケルくんは？

「麻耶さん。これから臨もうとしているのはカケルくんの受験です」

「もちろんそうよ。わたしはカケルのためを思って……」

「カケルくんの幸せを願う麻耶さんの気持ちが、誰よりも強いことはわかります。ただ、麻耶さんはカケルくんじゃありません」

麻耶さんの顔が曇ったことには気づいたが、わたしはそのまま続けた。

「子どもの価値観はそれぞれです。カケルくんの幸せは、カケルくん自身が自分でつかめるように、自分で感じられるようにサポートしてあげてほしいんです」

「でも、佐藤ママだって……」

「ひとのご家庭の体験談をなぞろうとするんじゃなくて、目の前のカケルくんを見てあげてください。もちろん、カケルくんにはまだ、明確な夢や目標はないかもしれません。でも、適性検査問題の面白さに目覚めたことで、それぞれの中学にも興味を持ち始めています。受験勉強を通して、ようやくですが、少しずつ、自分の進む道を考えてくれています」

　だから、いまだと思う。

「いまこそ、カケルくんの思いを聞いてあげてくれませんか」

　子どものやる気がいつ起きるかはその子次第。早くから自分で考える子もいれば、マイペースでゆっくりした子もいる。大人は焦らずじっと見守って、意識の芽が出たときに、ちゃんと向き合うしかない。

　カケルくんと麻耶さんに欠けていたもの。

　それは、自分の意志で選択すること、選択させること。

　そして、ここに受かりたい、そのために頑張りたいという、チャレンジ精神だ。

「あの子にお城博士にでもなれというの？」

　麻耶さんの声に、初めて小さな棘を感じた。

　そのとき。

「ママと結衣先生、どうしたの」

　リビングのドア越しに、いつの間にかカケルくんが立っていた。麻耶さんに集中してしまい、ドアが開いたことさえ気づかなかった。

「ケンカしてるの？」

　カケルくんはわたしたちを交互に見つめた。悲しげな視線だった。

「ううん、ケンカなんて……」

わたしはカケルくんに微笑みかける。

「篠宮先生、次回までちょっと考えさせて」

麻耶さんが頭を押さえながら言った。

「お願いします」

わたしも深々と頭を下げた。


自宅に帰り、シャワーを浴びた。

浴びながら振り返った。

麻耶さん、わたしのこと、いつもたくさん持ち上げてくれてたのに。わたし、ひどいこと言っちゃったかな。言い過ぎたかもって、今頃後悔するなんて。だったら最初から言わなきゃいいのに……。ううん、でも、あのまま麻耶さんだけで考えた中学を受けることになったら、カケルくんは……。

シャワーのあと、七緒さんに電話した。

『篠宮が伝えたことは正論だと思うよ』

事情を話すと、七緒さんはまず、そう言ってくれた。頭ごなしに否定されないか心配だったから、少しほっとした。

『でも、顧客であるご家庭に意見をするっていうのは、それだけの責任が伴うからね。篠宮なら大丈夫だと思うけど、〝評論家〟になっちゃダメだよ。心の熱量と、提案の精度にこだわって、ちゃんと向き合える？』

　似たようなケースはこれまでもあり、そのたびに再三教え込まれてきた。だから今回も、七緒さんがそういうアドバイスをくれるだろうとは思っていた。

　ただの言いっぱなしじゃダメなんだ。

「はい、ちゃんと向き合います」

　電話を切ると、タブレットを開いた。わたしなりに、適性検査問題で受けられる中学の特色を調べようと思ったのだ。

「けっこう難しいんだな……」

　わかっているつもりだったけど、あらためて難易度を確認すると、大手塾の模試による偏差値ランクは、やっぱりどこも高い。

　続けて、適性検査問題を扱う私立の中高一貫校も見ていく。こちらは特徴も偏差値もまちまちだった。公立、私立とも、一校ずつホームページを開き、学校紹介や教育理念、入試情報などを隅々まで読んだ。

　そして、それぞれの学校にカケルくんが通っている姿を想像してみた。

　どんなルートで登校する？　興味が持てそうな授業はあるのかな。気の合う友達はできそう？　毎日楽しそうに通うカケルくんを思い浮かべていく。

　麻耶さんもきっと、毎日こんな気持ちで入学案内や入試の関連本を見ていたんだろうな。

いろんな中学のサイトを見るうちに、麻耶さんのカケルくんを想う気持ちもわかった気がした。

ずっと画面に向かっていたら、急におなかが鳴った。そういえば……夕方から何も食べていないことに、いまさら気づく。

東の空がすでに明るくなり始めていた。

そして、カケルくんの次の授業日。

「こんにちはー」

挨拶しながら勉強部屋に入る。

久しぶりに学校からの帰りが早かったのだろうか。カケルくんはテーブルに座り、授業前から適性検査問題に没頭していた。

「あ、結衣先生！　見てみて！」

カケルくんはわたしの顔を見るなり大きく手招きした。

膝をついて手元の問題を覗くと、それはちょうど、城の作りについての問題だった。

【日本の城は、時代の流れとともに、山城→平山城→平城というように主流が変わっていきました。その理由を、それぞれで重視した側面に触れながら説明しなさい。】

なかなか専門性の高い問いだと思ったけど、彼はその解答を、ノートにびっしりと書いていた。

「これ、全部知ってたの？」

　するとカケルくんは、首を横に振り、

「彦根城が連郭式の平山城なのは知ってたよ。でも、うまく説明できないから、これを見てまとめたの」

　言いながら、脇に置いてあった本を掲げる。

『お城沼』というタイトルの、図鑑くらい分厚い本だった。

「読んでるうちに『なぜ？』って思うことがどんどん出てきたから、いまちょうど次の『なぜ？』について考えてたの」

　それを聞いて、わたしは胸が熱くなった。

「すごい！　カケルくん、すごいよ！」

　ひとりで興奮するわたしを、カケルくんは最初ポカンと見ていたけど、ノートまとめを褒められているのだと知って、いつにもましてうれしそうに目を細めた。

　そのとき、背後から声をかけられた。

「篠宮先生、ちょっといい？」

　振り返ると、部屋の入口に麻耶さんが立っていた。

　連れられてリビングに入ると、麻耶さんは視線を足元に落としたまま切り出した。

「篠宮先生に言われた通り、ちゃんとカケルの希望を聞いてみたの」

「……」

何も言えなかったわたしは、ギュッと握ったこぶしを太ももの前でそろえ、深々とお辞儀した。

「カケルが望むように、適性検査で臨む中高一貫校を受けさせてみようと思うの」

「麻耶さん……」

「あの子があんなに自分の気持ちをぶつけてきたの、初めてかも。なんか、子どもの成長に追いつけてなくて、わたし、不甲斐ないよね」

麻耶さんが力なく笑う。

「そんなことありません」

わたしが間を置かずに語気を強めて返すと、麻耶さんはようやく顔を上げた。

「麻耶さんは、世界で誰よりもカケルくんのことを考えている、最高のお母さんです」

嘘偽りない気持ちだった。

「篠宮先生……ありがと」

麻耶さんの声が一瞬震えた。

「まあでも、公立の中高一貫校はどこもレベルが高いでしょ。本当に目指せるのかはわからないけど、いまはカケルが進みたいと思う道を歩ませてみようと思う。あとで振り返って悔いが残らないように。一緒に挑戦してみる」

麻耶さんにいつもの笑顔が戻った。
自発的な選択と、チャレンジ精神。
受験に大切なふたつのことに、親子で気づいてくれた。
それにしても。
麻耶さんとカケルくんって、ホント、笑うと同じ顔になる。
なんてすてきな親子なんだろう。

カケルくんは趣味から目標を見出して歩み始めたけれど。

まさか自分の担当する生徒のなかに、もっと深く趣味に溺れかけた子がいたなんて……。このときはまだ、それに気づいていなかった。

夏／誘惑

Lesson2　羽住家の場合

1

セミは梅雨明けを知らせてくれるんだよ。

小さな頃、大好きだった祖母がそう話してくれた。

わたしの住むマンション周辺も、一帯で大合唱が聞こえる。わたしか、鳴いているセミは全部オスなのだと聞いたことがある。そこまでしてメスにアピールしなきゃいけないなんて……セミの世界って、大変すぎる。

もともとわたしは目覚まし時計をかけなくても自然と起きられる体質なんだけど、最近はそれより早くセミの鳴き声で目を覚ます。

カーテンを開けた瞬間、瞳孔がまぶしさで悲鳴を上げそうになった。

七月に入り、朝からずいぶんと日差しが強い。

顔を洗って着替えると、早速洗濯機を回した。梅雨でしばらくできなかったシーツの洗濯なんかも、この天気だったら二回はいけそうだ。

そしてその間に、近所をウォーキング。このルーティンはいつも通り。

幸い、うちの周りは木々がよく茂っている。うまく影になりそうなところを渡り歩いた。

ウォーキングから戻ると、洗濯物を干しながら朝の情報番組。

毎日観ているのは、人気のコーナー、『おひさまガールのスマイルチャレンジ』。わたしの受け持つ小学生の女子たちと、よく話題にしている。

今週のテーマは急流下りだった。女子中学生のチャレンジにしてはなかなかハードルが高い。運動神経が絶望的なわたしからすると、カヌーに乗って川を下るなんて難度ＭＡＸで、そもそもその場で静止する自信さえない。

それを美咲ちゃんに話すと、困り顔で愛想笑いを浮かべていた。

同じ話をひなたちゃんにしたら、『あー、たしかに。結衣先生ってそんな感じだよねー』と笑われた。ただ、ストレートな物言いも、相手が彼女だと全然嫌みを感じない。むしろ清々しささえ覚えるから不思議だ。

羽住（はすみ）ひなたちゃん。小学六年生。彼女も中学受験を志していた。

ポニーテールが似合うかわいらしい女の子で、今年の五月から新たに受け持っている。

ひなたちゃんの特技は誰とでも仲よくなれるところだろう。

彼女はすでに、わたしが担当しているほかの六年生三人、全員と面識がある。もともと『ほほっク』のチャットで仲よくなって、『ノーツ』のオンラインイベントでお互いの顔を知って、それから塾が主催する模試の会場でばったり会って、という具合に距離を縮めたらしい。もちろん、ふつうだったら、みんながみんなそういう関係にはならない。同じ受験組だと、逆にライバル心が強くなってほとんど話をしないこともあるようだ。

その点、うちの子たちには一体感がある。

とくにひなたちゃんはムードメーカーだった。

同じ小学校の澤村怜くんとは、お互いに異性という意識がないみたいで、いつも自然に話している。美咲ちゃんとも『おひさまガール』の話題で意気投合して以来、自分たちの志望校のことも遠慮なく打ち明けて励まし合ってたし。

ひなたちゃんはカケルくんともウマが合う。性格は全然違う気がするんだけど、彼のおっとりしたところが『癒されるよねー』とお気に入りのようだ。

彼女のコミュニケーション能力はわたしも見習いたいものだった。

ただ、ひなたちゃんを担当することになったきっかけは、わりと深刻だ。

彼女はもともと、小学三年生の冬から中学受験対策の進学塾に通っていて、これまで成績は順調に推移してきたという。それなのに、六年生になった四月の模試で、偏差値も合格判定も急激にダウンしてしまったらしい。しかも、自分から目指したいと宣言して、二月には早速志望校も決めたばかりだというのに。

それで彼女の母親、映子（えいこ）さんが心配になって、五月から『ノーツ』の授業も掛け持ちで申し込んだのだった。


その映子さんが、いままさに、わたしの目の前で頭を抱えている。

ここは、二十三区内でもひときわ都会的な街に建つマンションの、十五階。

羽住家のリビングだ。

今日はちょうど、ひなたちゃんが先月受けた実力判定模試の結果が出る日だった。

というか、すでに出ている。映子さんの前の、きれいに折りたたまれたそれが結果なんだろう。ひなたちゃんの授業を始める前に呼ばれてテーブルについたものの、その空気の重々しさにうろたえた。

「はあぁ～……」

映子さんが深いため息をついた。

「篠宮先生にはまだ習い始めたばかりだし、ひと月ちょっとで成績が戻るとは思ってなかったけど……でも、これはひどいな。見てもらえる？」

そう言って彼女は、折りたたまれたままの成績個票をわたしの前に差し出した。

一礼してそれを受け取り、おそるおそる開く。

四教科合計三百点中、七十二点。志望校判定はE。国語・算数・理科・社会、どれかが突出して悪いというよりは、全体的によくない。五年生まではずっと安定した成績で、判定もAかBが続いていたと聞いていたが、ここ二回は偏差値推移のグラフもダダムを横から見たようだ。

「うーん……」

これじゃいけないんだけど、わたしもまともに返事ができなかった。

実は、今回の模試の前に、前回の模試で失点した単元のおさらいと、関連知識もカバーしてきたつもりだった。急には伸びないまでも、少しくらいは戻る兆しが見えるのではないかと期待していたのに。

「やっぱり篠宮先生もショックよね」

映子さんがうっすら笑う。

「あ、すみません、ちゃんとお返事できなくて」

「ううん。いいの、いいの。この成績であっけらかんと返されたりとか、うわべの言葉で励まされてたら、それこそわかってもらえてないなーって思っちゃうもの」

すぐにちゃんとした言葉がけをしたほうが誠実だろうと思ったのに、いまの反応でよかったらしい。わたしはまだ、こういう局面で保護者の対応に確信の持てないことが多い。

「ちょっと、ひなたー。部屋にこもってないでこっちに来てー」

映子さんが呼びかけると、少ししてからドアが開いた。

リビングに入ったひなたちゃんは、テーブルにはつかず、ドアの脇でモジモジしている。

「ねえ、ひなた。篠宮先生、困ってるわよ。どうしてこんなに成績が下がったの?」

映子さんが彼女に聞くが、ひなたちゃんは自分の足元に視線を落としたままだ。

「わかんないよ。けっこう頑張ったつもりだったもん」

ふてくされているわけではないものの、その表情はいつもの明るいひなたちゃんからは程遠く、返事からは戸惑いと小さな反発が感じられた。

誰でもそうだけど、模試の結果というのは、そんなにきれいに伸びたり、横一直線で安定したりはしない。問題との相性もあるので、受験回によって多少は上下するし。成績が伸びている場合も、一回ごとジグザグを描きながら、平均を見ればだんだんとよくなっていくケースだってある。

一方、成績が急激にダウンする場合はどうだろう。模試を受けた当日の体調面だったり、会場の環境だったり、あるいはたまたま苦手な単元ばかりが出たとか、解答欄を書き間違えていたりとか。挙げ続ければ片手で済まないくらい、いろんな要因が考えられる。

でも、ひなたちゃんの場合は二回続けての大幅ダウン。本人に心当たりがないとなるとやっかいだ。

「頑張っててもE判定なら……志望校、考え直す？」

映子さんが心配そうに尋ねると、彼女はそこで初めて顔を上げた。

「それはイヤ。『明七（めいしち）』を受けたいよ。ママだって応援してくれるって言ったじゃない」

その目には迷いがなかった。

ひなたちゃんの志望校は、明応（めいおう）大学附属七ツ星（ななつぼし）中学校——通称、『明七』。

倍率は例年三倍ほどと人気のある中高一貫校だ。

「もちろん応援してるよ、いまだって。でも、さすがに模試の結果がこのままじゃ……」

映子さんの焦りや、ひなたちゃんを傷つけまいとする配慮はよくわかる。

だから、わたしがなんとかしなくちゃ。

「どうか、任せてください」

映子さんを見据えて言った。

「今回の模試の結果も、いまから詳しく分析します。理由のない失点なんてありませんから。前回の結果も踏まえて本当の理由を確認して、持ち直していきます」

映子さんは、わかった、という表情で静かに頷いた。

「ひなたちゃんも、大丈夫だよ」

今度は彼女を向く。

「『明七』受けたいってちゃんと言えるの、立派なことだね。どこが伸びしろなのか、一緒に見てみよう」

ギュッと口を結んだひなたちゃんは、わたしにすがるような目を向けた。

勉強部屋に戻ると、わたしたちは早速模試の問題用紙と答案を広げて、ミスした問題をひとつずつチェックしていった。

テストの結果が悪いと、漠然とネガティブになったり、数字ばかりに目が行きがちだったりするけど、本当に大切なのは分析だ。

お医者さんだって、具合が悪いひとに対して検査や診察もせずに薬を出さないだろうし、スランプに陥ったプロ野球選手がただがむしゃらに練習量を増やすこともしないだろう。

こういうときに必要なのは、『ミス分類法』だ。

自分がしたミスを四つのカテゴリに分類する。

凡ミス&ケアレスミス、練習不足、難問、時間不足。

あまりにつまらないミスばかり繰り返すのは実力のうちかもしれないけど、わたしが当時東大を目指して通っていた予備校でも、『わー、またやっちゃったよー!』と、悔やまれる失点を嘆くクラスメイトは多かった。これが入試なら、緊張から頭が真っ白になってやってしまう場合だってある。受験生にとってはたぶん、凡ミスやケアレスミスゼロというのは永遠のテーマなのかもしれない。

次に、練習不足で覚えていなかった、公式を忘れた、というのはよくある話だ。あまり得点できなかったテストなら、ミスの理由としては一番多い。

正答率一桁の難問なんかは、正直『捨て問』だろう。難しすぎて解かずに飛ばしても、受験者のなかでは差がつかない。もちろん解けたら気持ちいいし、解こうとする姿勢は大切だけど。でも、時間の限られた試験では駆け引きも必要だ。

あとは時間配分。前半に時間をかけすぎて、後半で時間がなくて焦ったり解けきれなかったり。

そうやって一問ずつひなたちゃんのミスの原因を分析した結果、ほとんどは練習不足によるものとわかった。

うーん……。

ひなたちゃんを前にして、言葉にも表情にも出さないようにしたものの、心のなかでは何かがおかしいと感じていた。だって、彼女を担当し始めてからの二か月ほどで、ずいぶんたくさんの問題に取り組んできたのだから。

そのわりにここまで解けていないのはなんでだろう。

わたしは彼女に、もうひとつの勉強法——『誤答マッチ法』を試した。

自分のミスは、どんな問いならマッチするか。つまり正答となるか。

とくに理科と社会で有効な勉強法だ。

ひとつ、簡単な例で。

たとえば、理科で気体の発生方法を問う問題。

二酸化マンガンにうすい過酸化水素水を加えて発生する気体は？

正解は『酸素』。でも、そこを『二酸化炭素』と答えて間違えたとする。そんなときによく、テスト直しはしても、赤ペンで酸素と書いて終わりにしてしまう子がいる。それでは次のテストで別の気体を問われたときには答えられないかもしれない。

じゃあ、間違えて書いた『二酸化炭素』は、どんな質問だったら正解になるだろう？

【塩酸に石灰石を加えて発生する気体は？】だったらマッチする。

もちろん中学受験でそんなシンプルな出題は少ないけど。

【二酸化炭素は塩酸と石灰石のどちらから発生するか？】だったり、【二酸化炭素を通すと石灰水が白くにごる理由は？】だったり、【石灰石の代わりに二酸化炭素を発生させられるものは？】だったり。ホント、出てくる問題のバリエーションに限りがないから、自分で問いを考えられる好奇心や、感じた疑問について調べようとする探究心をもって勉強できる子ほど伸びやすいと思う。これは知識量というより、学ぼうとするスタンスの問題でもある。

その点、難関校を希望する美咲ちゃんは、この勉強法を授業で何度も実践してきた。いまでは自主学習でも取り入れているから、彼女のノートは解いた問題だけじゃなくて、さまざまな関連知識や自発的に考えた問いかけであふれている。

一方のひなたちゃんは……。

やってきた勉強で得た知識が断片的になっていた。

同じ単元で、ひとつの問題は解けても別の問われ方をするとできない。

バリエーションに対応できないのは、やっぱり……練習不足だ。

心配になって、学校の宿題や他の問題集の中身も見せてもらった。

するると、途中式を飛ばして答えだけ書いている問題が多かった。ミスを減らすために行う設問へのチェックもない。これは、担当し始めた頃のカケルくんと同じ状態だ。

「ねえ、ひなたちゃん……」

「ん？」

ある疑念を胸に抱きながら、おそるおそる声をかけた。

でも、あまりにあっけらかんと振り向いた彼女の表情にひるみ、

「ううん、ごめん、なんでもない」

結局は聞けずじまい。

うーん、どうだろう……。ひなたちゃんは本来、このレベルの問題を暗算で解ける子じゃない。でも、ちゃんと考えれば解けるし、そこまでてこずるような学力でもないはず。それに、前に見せてもらった五年生のときの問題集では、しっかり途中式や思考過程が書かれていた。

さらりと書かれた答えの数々に、胸のあたりがざわついた。

ひなたちゃん、もしかして。

答え、写してる……？

2

『ねえ、結衣！　ものすごい高倍率だからファンクラブ入ってたって全然当たんないし、一般販売なんてどのプレイガイドも秒で完売するようなライブなんだよ！　これってもうホント奇跡でしょ！　わかる？　き、せ、き！　奇跡って言葉はこういうときに使うんだーって思ったよね！　ねえ！　結衣ってば、聞いてる？』

スピーカーモードになっていたかと勘違いするほどの爆音量。受話口から聞こえる声は興奮に包まれていた。

電話の相手は中学時代からの親友、紗雪だ。

夜、家庭教師の授業を終えて、ちょうど帰宅したときにかかってきた。しかも玄関で、まさに靴をぬいだ直後。これはまさか紗雪の千里眼か、あるいはうちに監視カメラでも仕掛けられてる？と疑いたくなるようなタイミングだった。

「聞いてる、聞いてる。紗雪が叫び続けるから相槌打つ間がなかったの」

『じゃあ、「ZZZ（ずぃー）」のチケットがどれだけプレミアものかってことも理解できたのね』

「うん、すごくよくわかった」

『ZZZ』というのは、なんでも紗雪が推しに推している十代の男子七人組のダンス&ボーカルグループらしい。今年の春にメジャーデビューしたばかりなのに、夏からもう全国アリーナツアーをしているのだとか。

で、ZZZのメンバーがタイアップしているアパレルブランドのキャンペーンに応募したら、ふつうなら絶対入手不可能ともいわれるそのライブの、しかもアリーナ席のペアチケットが当たったのだという。

『だったら、なんでそんなに落ち着いてられるの？』

信じられないというような紗雪の声。

いや、落ち着いているわけじゃないし。そうじゃなくて、感激していたのだ。だって、そんな貴重なライブに、グループ名さえ聞いたことがなかったわたしを誘ってくれるなんて。

「うれしいよ。ありがと」

心からの感謝を込めたわたしの返事に、

『ちょっと、ヤダ、結衣。何しんみりしてんの。ここはテンション爆上げするとこでしょー』

受話器の向こうから紗雪の笑い声が聞こえてきた。

『まあ、結衣らしいっちゃ、結衣らしいか』

そう、わたしたちの関係性は十年来、ずっと変わらずこんな感じ。

『で、どうなの、ライブ行けるの？』

紗雪はノリノリで歌詞を口ずさむ。

「うーん、たしか集中特訓が入ってる」

『えぇー！　じゃあ、行けないってこと？』

「ホントごめん」

『いやいやいやいや、全国の「ZZZず」に恨まれるよ？』

『ZZZず』というのはZZZのファンたちを指すのだと、さっき熱弁されたばかりだ。

「ごめん、うちの子たちも受験勉強で必死だから、それに応えてあげないと」

担当する小学六年生たちは夏休みに、通常の授業とは別に、夏期集中特訓という授業を組んでいた。数日間、朝から晩までかけて、これまで習った内容を全分野にわたっておさらいしていく。土台となる知識の総仕上げといったところだ。

『そうかー。じゃあ、まあ、しかたないねー。わたしだってお店のキャンペーンとか、勝負の時期だったら休めないっていうか、休みたくないからね』

あれほど興奮していた紗雪が、意外にも理解を示してくれた。

「え、休みたくないの？」

『だって、いま仕事が一番楽しいんだもん』

「へえー」

びっくりした。今年から店長に抜擢されたとは聞いていたけど、まさか紗雪がそこまで仕事に入れこんでいるなんて。

『あ、何、その反応。意外過ぎって声してる』

「ううんっ、違うよ。感心したんだよ」

『感心？　本当？　結衣の反応って、相変わらずわかんないんだよね』

こういうことも、紗雪は話しながらズバズバ言ってくる。

「いつもすみません」

『まあ、いいよ、そういうとこが面白いから』

紗雪がまた、あっけらかんと笑った。

『でもさー、結衣も立派に「センセイ」してるんだね』

「今年初めて受験生を担当させてもらったから、頑張りたいの」

『そうかー、うん、うん。元気になってよかった』

「もう全然、去年から元気だよ」

紗雪は、わたしがつらかったときのことも全部知っている。

『それは何より』

いまの自分でいいんだ。そう背中を押されたようで、彼女の声に安心した。

そのあと会話のなりゆきで、ひなたちゃんのことを相談してみた。

もちろん名前は出さずに、こんな子がいるんだけどって。いきなり成績が下がった理由は、宿題や自主学習で、ひょっとしたら答えを写しているんじゃないかと思っていることも正直に伝えた。

「いまの話を聞いて、紗雪はどう思う？」

『百パー写しだね』

考える間もなく即答だった。

「そうなのかな」

『経験者は語る、だよ』

紗雪がなぜか自慢げに答えてから、また笑った。


そして夏休み中の、夏期集中特訓日。

マンションの十五階。窓の外にそびえるビル群の背後には、もくもくと立ちのぼる入道雲と青い空。まさに夏景色だった。

そんななか、今日は朝から夜まで、食事を挟んで実に十時間の授業。

映子さんもひなたちゃんのお父さんも仕事のため、羽住家にはひなたちゃんとわたしだけ。

時計は朝九時を回ったところだ。

いつもは問題集中心の授業なので、ここで一旦入試そのものを意識してもらう。夏の終わりには大手塾の全国模試が控えているから、そのシミュレーションにもなる。

さすがに今度の模試では成績を戻さなきゃ。

「午前中は『明七』A方式入試の模擬テストをやってくね」

国語・算数が各五十分、理科・社会が各三十分。九時十分開始でそれぞれ十五分休憩を挟んで行う。タイムテーブルは入試当日に合わせた。

「結衣先生、今日のテストって難しいの？」

「本番に似せて作ってあるからもちろん難しいのもあるけど、全部じゃないよ。いつも通り解ける問題から解こう」

「うん、わかった」

ひなたちゃんが口元をキュッと結んで机に向かう。

「お手洗いは大丈夫？」

「大丈夫」

「スマホの電源は切った？」

「うん」

「では、国語の問題を配ります」

試験官のように告げると、彼女の前に問題と解答用紙を置いた。受験番号は、とりあえず小学校のクラスの出席番号を書いてもらう。

「それでは、始めてください」

掛け声と同時にひなたちゃんが問題を食い入るように読み始めた。

わたしは部屋の中央にある丸テーブルの前に座り、問題集を開く。ひなたちゃんが模擬テストを解いている間、前回出していた宿題のチェックを行うためだ。

いままではひなたちゃんに自己採点をしてもらっていたが、今回は解答を預かっていた。もし、前回まで答えを写さず自力で解いていたなら、今回も同じくらいの正答率になるはず。

見てみると、多くの問題で途中式や筆算などの書き込みが増えていた。前はほとんどが、いきなり答えだけ書いていたから、やっぱり式なしで解くのは難しかったんだろう。でも発展的な問題は全滅だった。ちょっと手をつけた跡はあるものの、わからなかったようだ。

いままではこのレベルの問題も丸がついていたのに。

宿題全体の正解率は全体の五割くらいだった。

これがひなたちゃんのいまの実力か。

宿題、やっぱり写してたんじゃ……。

後ろから、机に向かう背中を窺う。

すると、ひなたちゃんが鼻歌のようなものを歌い始めた。

え、何？

「どうしたの？」と聞くと、彼女は肩をすぼめて「あ、ごめんなさい」と呟き、黙って机に向かい続けた。

いまの鼻歌、無意識だったのかな……？

たぶん、背後にわたしがいるのを忘れていたんだろう。

そのあとは黙々と解いていた。

「はい、ではそこまでにしてください」

ちょうど五十分が経ち、タイマーのアラームが鳴ったところで国語を終了した。

「ああー、難しかったー、もう無理かも」

ひなたちゃんが弱音を吐きながら机に突っ伏す。テスト後のこういう感想は彼女だけじゃない。中学受験の問題には、ときに高校生や大学生でさえ悩みそうな設問もある。

「百点ぶん落としていいんだよ」

だから、いつもこう伝えていた。受験は完璧を求めなくていい。

国語・算数各百点、理科・社会各五十点の四教科合計三百点満点で、『明七』の入試過去三年の女子合格者最低点は、高くても百九十点台。二百点取れれば受かっていた。もちろんギリギリ合格の滑り込みを狙わせるわけじゃないけど、何点取らなきゃって気負うよりは、百点も落としていいんだと思ってくれたほうが落ち着いて解けるはずだから。

「うん、そうだったね。算数も頑張る」

ひなたちゃんもわたしの言葉で気持ちを持ち直してくれた。

「あ、でも、その前にちょっとトイレ」

彼女はそう告げて部屋を出ていった。

あらためて、静まり返った部屋を見回してみた。壁際に勉強机とベッド、オーディオセットにテレビ。テレビ台にはかわいらしいキャラクターのぬいぐるみが並んでいる。そして中央には丸テーブル。

世のなかの一般の小学生の部屋がどうかはわからないけど。でも、これって、かなり恵まれた環境じゃないかなって思う。なんていうか、揃っている。食事とか、お風呂とトイレなんか以外は、全部この空間に充足しているのだ。

わたしが小学生だった頃の自分の部屋は、地方の、それも田舎だったせいか、畳の部屋に机と本棚、タンスがあるだけだった。まあ、たぶん、わたしが特殊なんだろうけど……。

時計を見ると、間もなく十五分経つ。

試験当日は問題の配布と提出で時間をとるから、実際の休憩は正味五分ほど。それなのにひなたちゃんは、トイレに行ったきり、まだ戻ってこない。

呼びに行こうかと腰を上げかけたとき、「おまたせー」と彼女が顔を見せた。

「本番と同じように、五分前には着席しようね」

「はーい」

ひなたちゃんはそのまますっと机に向かう。

その後、算数を始めた。

彼女が解いている間、わたしは国語の採点をする。文章題は悪くなかった。小説文も評論文も、得点率は受験者平均くらいになりそう。でも、致命的なのは、漢字の読み書き。ここは本来、絶対に取りこぼしたくないのに。普段からの練習がものをいうところで落としているのは、やっぱり勉強不足が響いている気がする。

「はあー、算数もヤバイよー」

タイマーが鳴ったところで、ひなたちゃんは国語のときと同様に、また机に突っ伏した。

「さあ、切り替え、切り替え」

わたしが励ますと、彼女は「そうだよね」と席を立った。

「どうしたの？」

「トイレ」

そう答えてひなたちゃんは、また部屋を出て行った。

すぐに戻ると思っていたら、またしても十五分ギリギリで戻ってきた。

「ひなたちゃん、もしかして体調悪い？」

心配になって聞くと、

「ううん、そんなことないよ。個室で座ってると、なんか落ち着くから」

「そうなんだ」

どちらかというといつも元気で明るい子だけど、そういう気持ちになることもあるんだ……。やっぱり、模擬テストとはいえ、緊張やプレッシャーもあるのかな。

ただ、

「本番は五分前着席だよ」

言うべきことは言っておかないと。

「はーい」

彼女はまた素直に返事をした。

そして、続けて理科を行う。今度は試験時間が三十分だから、あっという間だった。

で、その後の休憩時間。

ひなたちゃんはまたトイレに行き、十五分ギリギリで戻ってきた。

さすがにトイレ、行き過ぎじゃない？

「今度はちょっとおなか痛くて」

わたしが聞こうとしたら、彼女はおへその下を押さえて先に答えた。

「大丈夫？」

「うん、あと一教科だから、平気」

「ならいいけど」

そのまま四教科を解き終えた。

ちなみに算数は残念な結果だった。最近復習したはずの問題でケアレスミスが目立つ。わかっていないわけじゃないはずなんだけど、宿題でミスしたときの振り返りが足りないからかもしれない。それに、もっと練習量を増やすことでスピーディーに解けるはずだ。

理科と社会も、取っておきたい基本問題で落としているのが痛い。

うーん、やっぱり勉強不足じゃないかな……。

それからリビングで、ひなたちゃんとお昼のサンドイッチとサラダを食べた。

朝、映子さんがわたしのぶんまで作っておいてくれたのだ。

「わたし高所恐怖症だから、あんなの絶対無理。〝わかにゃ〟って、ホント度胸あるよねー」

食べながらの話題は、もっぱら朝の情報番組の一コーナー、『おひさまガールのスマイルチャレンジ』についてだった。

今週の挑戦は、巨大アスレチック。五階建てビルに相当する高さを誇る、異次元アトラクション。おひさまガールたちが数々のミッションに命綱一本で挑戦していくという企画だ。

「あー、すごかったねー。〝まどぴ〟の挑戦のときなんて、カメラが足元映したでしょ。わたしテレビの画面の前で頭クラッときちゃった」

「ハハハハ、結衣先生、わたしよりヤバいじゃん」

受験勉強に向かっていても、やっぱり小学生。楽しそうに笑うひなたちゃんを見て、気持ちが和んだ。

「ごちそうさまでした」

食事を終えると、わたしは彼女の食器も重ねてキッチンに向かった。

自分のぶんのご飯まで用意してもらっているんだし、せめて洗い物くらいは済ましておかなきゃ。

そう思ってスポンジを泡立てていく。

リビングを見ると、ひなたちゃんはいつのまにかスマホを開いていた。

『わたしがお店で注意してることってなんだと思う？』

ひなたちゃんのことを紗雪に相談したとき、彼女はわたしにそんな質問をした。

紗雪はいま、全国展開するディスカウントショップに勤めていて、この春には新規出店したショップの店長になった。高卒でアルバイトから始めて、二年で正社員、さらに五年で店長って、本当にすごい。彼女は中学時代から、勉強は苦手だったけど、明るくてはきはきしていてノリもよくて、そのうえ愛嬌もある『愛され女子』で。とにかくコミュニケーション能力が高かった。社会ではそういうスキルが大切なんだと思う。

担当している店舗は全国初の新業態で、とりわけ十代や二十代の女子をターゲットにした店づくりをしているらしい。仕入れも陳列も全部彼女の裁量で行っているという。まるで経営者だ。

そんな彼女がアドバイスをくれた。

『とにかくお客様の動きをよく見るの。お店のなかをどんなルートで回ってるんだろう？　棚のどこに注目してる？　ポップは読んでくれてるかな？　とか。で、話せそうなお客様にはざっくばらんにいろんな話を伺うの。思ってること、そのまま全部。自分の気持ちとか思いは一旦置いといて、売り場を俯瞰的に見るの』

そうすると、いろんな発見があるのだという。

わたしはわざとゆっくり洗い物をしながら、ひなたちゃんを観察した。彼女はわたしの視線にも気づかないほどスマホを見つめている。

そういえば、午前中に模擬テストを解いているとき……国語の時間には机に置いてあったスマホ、算数のときにはあったかな？　たしか、なかった気がする。上はTシャツでしまえないし、下はスウェットで。……あ、なんかポケットが膨らんでたかも。あの長いトイレタイムって、もしかして、個室でスマホを開いてたとか？

これまで、ひなたちゃんにはたくさん解説して課題も出して、一生懸命取り組んできたというのに、そのわりに知識やスキルが定着しないことがずっと不思議だった。

でも……。

午後の時間も一緒に過ごしてみて、ようやくわかった気がする。

勉強中、スマホは机の上とかポケットじゃなくて、リビングに置いておこうと提案すると、「ええー、無理、無理、そんなの困るよー」と、ひなたちゃんは思いのほか駄々をこねた。

いや、でも、そこまで気になっているのなら、なおさら勉強には集中できないだろう。

「試験のときは電源切ってないと、音が鳴ったら失格になるんだよ」と諭し、それでもなんとか彼女からスマホを預かった。

ただ、今度は別の問題ができた。

演習中に、なぜか何度もページをめくり返すのだ。

「どうしたの？」

「ううん、別に」

わたしが彼女の問題集を覗き込もうとすると、ひなたちゃんはめくっていたページをすぐに戻した。別に、前のページのポイントを確認し直そうとしているんだったら、それは全然かまわないのに。なんであんなにコソコソするんだろう。

さらに、夕方。

わたしがお手洗いを借りて部屋へ戻ると、ひなたちゃんは朝のようにまた鼻歌を口ずさんでいた。見ると、机の足元の引き出しが少し開いている。なかからは雑誌のようなものが見えた。

「ねえ、ひなたちゃん」

机に向かう彼女に、わたしは静かに呼びかけた。

「ん？」

振り返った彼女は、目を合わせてくれない。視線は不安げに宙をさまよっていた。

「ちょっと、こっちに来て座って」

わたしは部屋の中央の丸テーブルを指した。ひなたちゃんと向かいあって座る。

鼻から深く息を吸って、切り出した。

「最初に言っておくけど、責めてないし、注意したいわけでもないの。そうじゃなくて、ちょっと心配だなーって思うことがあって」

彼女は気まずそうな表情をして、膝の上でこぶしを握っている。

「ひなたちゃんは、自分の勉強に向かう姿勢について、どう思ってる？」

沈黙が流れた。

頭に重石でも乗せられたように、彼女は徐々にうつむいていく。

「集中できてるかな？」

答える代わりに、その首は小さく横に振られた。

「ひなたちゃん自身は、なんで集中できてないって思う？」

「……」

今度は固まってしまった。

わたしたちの間を、すごく重たい空気が漂う。

原子番号八十六番、ラドンより重い。って、いまはそんなこと言ってる場合じゃない。

「ひなたちゃん、『明七』受かりたいって言ってたでしょ。その気持ちは変わらない？」

彼女は、今度は迷いなく首を縦に振った。

「だったら、いまのやり方じゃ足りないかもしれないよ。ひなたちゃんもそう感じる？」

またコクリと頷く。

「集中したいけど、できないのかな。もしそうなら、何か気になってることがあるの？」

ここを解決しないと、ひなたちゃんもわたしも前に進めない。

今度はさっきよりも、長い沈黙が続いた。

あー、どうしよう。袋小路に迷い込んじゃった。落としどころが見つからないよ。

ん？　そういえば……。

胸の内で焦っていたとき、前に電話で紗雪と話していたときのことを思い出した。

彼女が口ずさんでいたメロディ。歌詞はわからないけど、勉強中に聞いたひなたちゃんの鼻歌と同じ気がする。

「もしかして……ZZZ？」

わたしが呟いたとたん、ひなたちゃんがパッと顔を上げ、目を見開いた。

「え、結衣先生、なんで？」

突然の反応に気おされてのけぞったわたしに、

「先生も『ZZZず』なの？　え、うそ、マジで？」

と、丸テーブルに手をついて乗り出して顔を近づけてくる。

本当は、「わたしの親友がね」と答えるべきだったのに、彼女の食いつきがあまりにすごかったから、思わず笑顔で応じてしまった。頷いたわけではないけど、ひなたちゃんはそれをイエスだと思い込み、さらに迫ってきた。

「先生の推しは？」

え、推し？

どうしよう、メンバーひとりもわかんないよ。

「ひなたちゃんは？」

どさくさ紛れに質問返しをしたところ、

「基本箱推しだけど、最推しはシオンくん！」

そこからはひとしきり、ひなたちゃんによる熱弁が続いた。ZZZを好きになったきっかけから始まり、ZZZの魅力、活躍ぶりなどなど。なんかデジャヴっぽさを感じて気づいた。これ、紗雪のマシンガントークだ。ひなたちゃんはもはや、〝リトル紗雪〟と化していた。

そしてしゃべりにしゃべり尽くしてから、ようやく現状を白状してくれた。

彼女いわく、勉強中も常にスマホに意識が向いてしまうのだとか。

シオンくんをはじめとしたＺＺＺメンバーのＳＮＳが気になってしかたないという。ＳＮＳはインスタやＴｉｋＴｏｋなど複数あって、どれも不定期更新なんだけど、ファンならそれにすぐ反応したい、できれば一番に『いいね』したいという心理らしい。

午前中、模擬テストの合間にトイレにこもったのは、そのＳＮＳをチェックするためだった。

勉強の合間の休憩と思ってＺＺＺの曲を聴けば、今度はＭＶやライブ映像が観たくなり、一曲だけ、もう一曲、これで最後と、どんどん休憩が長くなる。問題を解いているときもいつの間にか無意識に歌詞を口ずさんでいて。

聞けば、寝る前も夜遅くまでスマホ、布団にもぐって深夜のラジオ、それらによる不眠と寝坊、昼夜逆転生活……。

いままでわたしの前ではＺＺＺのＺの字も出さなかったのに、わたしがまさかの『ＺＺＺず』、同好の士だと勘違いしてからは、ダムが決壊したように、あふれんばかりの思いと悩みのすべてを告白してきた。

ひなたちゃんは、理解すること以前に、学ぶためのリズムや環境が崩れていた。ＺＺＺはこの春メジャーデビューしたというが、ひなたちゃんの成績が急降下したのもその頃だ。ＺＺＺ、おそるべし、だよ……。

「ひなたちゃんの気持ちはよくわかるよ。でも、いまのままで、『明七』受かると思う？」

「もちろん、思わないよ」

もう、白状する前の黙り込んでいたひなたちゃんではない。

「でもね、わたしから推しをとったら、何も残んないから」

「そんなことないよ。美咲ちゃんとか学校の友達と話すことだって楽しいでしょ。それに『明七』に行くっていう夢があるじゃない」

「もちろん、友達は大事だよ。でもそれはそれで……なんて言えばいいんだろ。シオンくんはわたしの夢なの」

「夢は『明七』じゃなくて？」

「『明七』の、その先だよ。『明七』から明大入って、それからＺＺＺのスタッフになるの！」

……え？

ポカンとしてしまった。もはや、声も出ず。

「マネージャーでもツアーのスタッフでもいいの。シオンくんやＺＺＺのみんなを直接サポートしていきたいの」

　ひなたちゃんはうれしそうに話すと、問題集に挟んでいた下敷きを見せてくれた。ライブのワンシーンだろうか。わたしでもわかる、躍動感あふれるＺＺＺメンバーのパフォーマンスがプリントされていた。

「このライブすごかったの。神だよ、神」

　問題を解いている最中、しきりに前のページをめくっていたのは、下敷きを見つめるためだったのか。次に引き出しから出したのは、ＺＺＺのグラビアやインタビューが掲載された雑誌の数々で。テンションが上がったのか、ランドセルから筆箱やノート、消しゴムなんかも取り出して、机に並べていく。全部、ＺＺＺのグッズばかりだった。

「お母さんに、このことは？」

「ちょっとは気づいてると思うけど、ちゃんとは話してない」

「どうして？」

「どうせわかってくれないでしょ。受験生なのにって没収されるかもしれないし。だから結衣先生にもずっと黙ってたんだよ」

　まずいという自覚はあるんだ……。

「本当はこの部屋だって、ポスターとか貼りまくって、一日中眺めてたいのに、そこはしっかり我慢してるんだから」

そんなに胸を張られても、ここまで赤裸々に告げられた現状を聞いたあとでは、「そっか……」としか返せなかった。

急に下がった成績をなんとかしたい。そう思ってたくさん悩んで考えてきた。忘れかけている知識を取り戻そうとフォローしてきた。中学受験したい、『明七』に行きたいと言ったのはひなたちゃんなのに……。そのためにたくさんプランを考えてきたのに……。

それなのに、この子はいったい何を考えているんだろう？

わたしは地味と真面目ばかりを取り柄としてやってきたせいか、自分がまったく知らない世界を見せつけられたようで混乱した。

なんか……彼女と向き合うのが怖くなった。

3

——中学生時代、三年のときに初めて紗雪と同じクラスになった。

前出の通り、彼女はわたしとは真逆のキラキラ女子、愛され女子だった。わたしたちのクラスにスクールカースト的なイヤな雰囲気はなかったものの、やっぱり類は友を呼ぶっていうのかな。ムードメーカーの周りには明るい子たちが集まり、おとなしい子の周りにはおとなしい子が集まった。それぞれ居心地のいい友達とグループになって。紗雪は明るくて裏表のない子だったけど、当初、勉強にはまったくの無頓着だった。たぶん中学一年で習ったはずの英語も読み書きできないほどで。それなのに、いつもファッションや芸能の話ばかりしていた。将来のこと、どう考えてるんだろう、この先困らないのかな？って、遠目に眺めて勝手に心配してたくらい。

それはちょうど、いまのひなたちゃんに対して抱いている思いと同じだった。

でも、ある日の昼休み。

『ねえー篠宮ちゃん、勉強教えて』

そんな彼女がいきなり話しかけてきた。

ひとり机で問題集を開いていたわたしは、それまでほとんど接点のなかったクラスメイトからの申し出に目をパチクリさせた。

『ね、ダメ？』

パーソナルスペースを平気で越えてくるこの距離の詰め方が紗雪のすごいところで。

『ダメじゃないけど、なんで？』

わたしは教室を見回した。そのときはなんとなく、からかわれてるんじゃないかと疑ったのだ。

『わたし商業科行くことにしたの』

『え？』

『で、好きなファッションとかコスメとか、そういうのを仕事にしたいなって思ったからさ』

なんでわたしに？っていう思いで聞いたんだけど、紗雪はツラツラと彼女自身の夢を話してくれた。

『そ、そうなんだ』

そのときのわたしには、将来やりたいことなんて漠然としたものさえなかったから、聞きながら素直に感心した。

『だから、勉強教えて』

彼女はギュッと目を閉じて、かわいい顔で手を合わせる。愛嬌たっぷりにそんな仕草をされたら無下にはできない。

『でも、なんでわたしに？』

それは確認しておきたかった。丸写しするために宿題のノートを貸してほしいっていうことなら、なんとか断ろうと思っていた。

すると彼女は、『篠宮ちゃんて、楽しそうに勉強してるからさ』と笑う。

『楽しそう？』

『うん。問題集解いてるときとか、授業中とか』

『そうかな？』

『そうだよ。そんなひとが教えてくれたら、ちょっとは勉強、好きになれるかなって思って』

　紗雪は恥じらいながら答えた。

　それまで、『勉強ばっかかしてすごいねー』とか、『宿題見せて』と言われることはあっても、本当に教えてほしいとお願いされたことはなかった。

『迷惑かな？』

　黙っていたわたしを見て困っていると感じたのか、彼女が心配そうに眉をハの字にする。

　だから……そんな顔で見つめられたら断れないよ。

『ううん、わたしでよければ』

　わたしの返事に紗雪は大喜びした。

　コロコロと変わる表情に、わたしはそのときすでに、彼女のファンになっていたのかもしれない。

　それから紗雪は、朝の始業前、わたしの好きな誰もいない教室へ、わたしの次にはやってくるようになった。休み時間や放課後も。なかにはそんな紗雪を茶化す子もいたけど、彼女は『結衣センセーの授業、めっちゃわかりやすいんだよー』と、笑顔で返していた。

　付き合い始めの頃は『篠宮ちゃん』と呼ばれていたのも、いつの間にか『結衣』

になった。

それから徐々に、わたしに勉強を教わりにくる子が増えて、冬頃には黒板を使ってわたしがみんなの補習をしていたくらいだ。それは全然迷惑なんかじゃなくて、自分の知識や理解を深めるうえでわたし自身も助かった。ひとに教えるというのは、ひとがつまずきそうなポイントをわかったうえで、かみ砕いて説明する力が求められるから。どの科目も、教えながら自分も学んでいるようだった――。

そうか、そうだったんだ。わたしのルーツって。

思い出を振り返るうちに、やっぱりまた紗雪に相談しようと思った。彼女はわたしを結衣センセーと持ち上げてくれたけど、いまでは彼女がわたしの師匠だ。


「ええー！　ホント？　その子見る目あるねー！　いやー、今度一緒に語りたいわ。もう朝まで語り尽くしたい！」

連日猛暑日で、外にいるだけで汗が噴き出してくるような八月の昼間。

ちょうど休みが重なった紗雪と、駅の近くのカフェで落ち合った。

ひなたちゃんが大の『ZZZず』にしてシオンくんファンであることを告げると、彼女は大いに興奮した。

実は紗雪もシオンくん推しだったのだ。

「紗雪、年下好みだっけ？」

自分のことを語るのが苦手だから、ひとのこともあんまり聞かないんだけど、紗雪が十代の男子を推していたのは意外だった。

「年齢は関係ないの。それより人間性。ううん、人間力っていうのかな」

紗雪は脳内でシオンくんの姿を再生しているのか、うっとりしながら答えた。

「結衣はどうなの。チェックしてみたんでしょ」

ひなたちゃんの推しだとわかってから、わたしもZZZについて調べていた。

まあ、調べたっていっても、オフィシャルサイトとSNSを開いて、プロフィールやブログを読んだり、ユーチューブでいくつか動画を観たりしただけだけど。

「ダンスのキレとかシンクロ率がすごかった」

素人のわたしでも、その完成度の高さには圧倒された。

「でしょー！」

紗雪は自分が褒められたようにうれしそうだ。

「みんな声がよくて、歌唱力も高いね」

なんか評論家みたいなことを口走ってしまった。恥ずかしい。

「おーおー、結衣もわかってるじゃん。こっち側の人間になった？」

たしかにパフォーマンスはすごいから、紗雪が絶賛するのもわかる。

「でも」

わたしのひと言に、紗雪の笑顔が固まる。

「でも？」

そして大げさに聞き返した。

「でも、何？　『それに』じゃなくて『でも』なの？　え、ZZZに『でも』が存在するわけ？」

あー、話しづらくなったよ。

細身で、肌がきれいで、きれいな目をしてて、イケメンなのはわかるんだけど、やたら笑顔を振りまいていて、ウインクとかポージングとか多いから。

「ちょっとカッコつけすぎかなって？」

ボソボソっと答えると、「はあ〜」と、今度は盛大なため息をつかれてしまった。

「十代のなかでも日本屈指のトップパフォーマー集団だからね。目を細めちゃうくらいキラキラしてて、結衣にはまぶしすぎたかな。でもずっと見てればちょっとずつ慣れるよ」

「そういうもの？」

「そうだよ。だからあれは、カッコつけてるわけじゃなくてオーラなの。結衣が見てるのは魅力的な、オ・オ・ラ！」

「なるほど……そうですか」

ここまで熱く語られては、何も返す余地はない。紗雪さん、すみません。としか言えない。

「そういえば」

わたしが集中特訓で断ったＺＺＺのライブのことを思い出して話題を変えた。

「ライブ、結局、誰と行ったの？　彼氏？」

「いまは彼氏作んないの。推しに捧げる期間だから」

できないとかいないいんじゃなくて、作んないの、というところが紗雪らしい。〝紗雪語録〟に追加しておこう。

「それで、お母さん誘った」

そして彼女は、先日のライブの感想を話してくれた。

ライブを見た紗雪のお母さんも、シオンくんに一目惚れしたらしいことや、『血は争えないね、でもお父さんとは似ても似つかないね』って笑い合ったことから始まり、ＺＺＺの魅力と会場の熱気、今後のＺＺＺの展望予測なんかで、結局二時間以上も！

彼女はホント、話し出すと止まらない。

そして、ようやくちょっと落ち着いたところで、話題はひなたちゃんのことに戻った。

紗雪が言った。

「もっとその子のことを見てあげたら？」

「結衣にはなじみがない世界だから、戸惑ったかもしれないけど。いまどきの小学生はユーチューブくらいみんな観てるし、ダンス真似たり歌ったり、ＳＮＳや雑誌で推しの魅力にハマるの、ふつうだと思うよ。うちのお店のお客さんたちだって、だいたいみんな母娘でどっぷり沼ってるし」

「そっかー」

たしかに、担当している小学五年生や四年生の子たちだって、聞けばお気に入りのユーチューバーやアイドルのことを楽しげに話してくれる。

それに対して、わたしの学生時代はどうだったか。

目の前のことにはひたむきに取り組んできたつもりだった。勉強とか、委員会とか、自分の役割には責任を持ってきた。でも、考えてみたら紗雪やひなたちゃんほどのめり込んできたものがない。

お城好きのカケルくんには、彼に合った興味と目標の結びつけ方があった。好きなこと、ハマっていることを制限するのは簡単でも、はたして本当に、それで成績が伸ばせるのかな。ひなたちゃんの様子を見ていると、不安ばかりが募る。だったら、彼女のために、何ができるだろう。

迷いながらも、紗雪の言葉に背中を押されるように、わたしはＺＺＺとシオンくんのことをより深く調べ始めた。

すでに発売されているＤＶＤやブルーレイ、数々の雑誌は紗雪が貸してくれた。

シオンくんのグラビアやインタビューが載っている号だったらメジャーデビュー前からのバックナンバーも全部持っているはずだと豪語していた。紗雪様、あなたホントすごすぎ。

ほかにネット記事やユーチューブの動画もくまなく観たし、ひなたちゃんが深夜に聴いているという、シオンくんがＤＪをしているラジオ番組も聴いてみた。

休みの日は、ほぼ丸々、朝から夜まで。

わたしはもともと、何かに打ち込み続けることが得意だった。それがいままでずっと勉強だったわけで。問題集も、何時間だって解いていられた。

だから今回も、没頭するスタンスは同じだ。ただ、対象とベクトルが変わっただけ。

こんなことを言ったら紗雪やひなたちゃんに怒られてしまうかもしれないけど、別に「シオンくんカッコいいー！」みたいな感情からではなくて、ＺＺＺの『歴史』を学び、シオンくんという人物の魅力を読み取ったり、『分析』して『研究』したりするのが楽しかった。（って言ったら変人扱いされるんだろうな……）

そのなかで、気づきがあった。

なんかやたらカッコつけた男子だなーと思っていたシオンくんの、意外な一面。

それは、ある雑誌で、メジャーデビュー直後に語っていたインタビュー記事の一節だ。

【——ZZZとしての夢は何ですか？】

そんな問いかけに対して、東京ドームでのライブとか世界進出とか、商業的な目標を語るのかと思いきや。

【世界の子どもたちを救うことです。】

シオンくんは、いたって真面目にそう答えていた。

【幼稚園に通えない子どもたちが、世界で一億七千五百万人もいるのだと知りました。

世界のどこかで、五分にひとり、子どもが暴力によって亡くなっていると知りました。

世界の子どもの四人にひとりは、法的に存在していないのだと知りました。

世界は広く、僕にはまだまだ知らないことばかりです。でも、知らないままでよいとは思っていません。たまたまこの日本に生まれて、命を脅かされるような経験をしたこともなく、恵まれた環境で育ってきました。

でもそれは、本当にたまたまのことなんです。同じ地球で、世界で、運の上にあぐらをかいて過ごしていていいのだろうか。世界のことを知れば知るほど、そういう思いが膨らみました。

ただ、こんなちっぽけな自分に何ができるんだろうって。そう思ったこともあります。

そんなときです。世界中で声を上げる子どもたちのことを知ったのは。大統領に手紙を送った子どものことも、それによってその地域が救われたことも。知ろうとしなければ、何も知らないまま。何もしないまま。何も変わらないまま。だから、僕はもっと知りたい。学びたい。

世界で何が起きているのか。僕に何ができるのか。

教育っていうのはものすごく大切なものなんだと気づきました。

世界をもっとよくしようと思うのなら、世界の子どもたちが安心して生きることができる環境、自由に学べる環境が必要です。

幸運にも、今回ZZZとしてデビューできて、僕たちの声をたくさんのひとたちに届けられる機会をいただきました。だから、これからもたくさん学んで、いろんなひとたちの声を聞いて、力を合わせて、僕たちにできる貢献をしていきます。僕たちが与えてもらった幸運を、少しでも多くのひとたち、とりわけ子どもたちに恩返ししていくこと、それがZZZの夢であり、僕の夢でもあります。いえ、使命だと思っています。

もしもこれを大きな話だと思うひとがいたら、まずはあなたのすぐそばにいる、何かに困っているひとのことを想像してみてください。

そしてどうか、そのひとに手を差しのべてあげてください。】

この雑誌は、漫画やエンタメ系じゃない。

発行部数が少なめの環境関連誌でグラビアページもなかったから、ひょっとしたらファンであっても目にしている方は少ないのかもしれない。なんでそんな雑誌に記事が載ったのかはわからないけど……、鳴り物入りでメジャーデビューしたグループのメンバーが答えたインタビューとは思えなかった。

シオンくんがここまで強い思いを語った記事は、後にも先にもこのインタビューだけのようだ。ただ、それからもちょこちょこと、いろんな場面でSDGsや世界の子どもたちについては言及していた。

見た目とは裏腹に、って言ったら失礼だけど。実は誠実でプロフェッショナルな内面なのかも。シオンくんがカッコつけすぎだなんて、わたしの偏見だった。シオンくん、ごめんね。

そうして徐々に彼やZZZに対して興味を持ち始めると、わたしが面食らってしまったひなたちゃんの気持ち――推しを応援する気持ちも、なんとなくわかってきた。まだいまのところ、受験勉強とはうまくバランスがとれていないものの、彼女にとって彼らが大きな支えになっているのは間違いない。

じゃあ、どうしたら、ひなたちゃんの興味を勉強へのやる気につなげられるだろう。

かつて紗雪の勉強を見ていたときも、時折彼女の集中力は途切れた。

　そんなとき、かつてのわたしはどうしていただろう。

　頭のなかで過去の映像をたぐり寄せる。

　ああ、そうだ。

　思いを巡らせるうちに、ひとつの方法をひらめいた。

4

　そして、ひなたちゃんの授業の日。

　早速試してみた。

「はい、ここまでよく頑張ったね。ちょっと休憩しようか。じゃあ、『歌ってみた』の動画で、オススメなの、開いてみてくれる？」

　一区切りついたところで休憩タイム。そこでわたしは、あえてひなたちゃんにスマホを起動させて、動画を流すようお願いした。

「え！　結衣先生、いいの？」

　当然彼女はびっくりする。

「いいの、いいの、とくにひなたちゃんが歌詞を気に入ってる曲がいいなー」

「じゃあ、そうだなー、どうしよう」

　ひなたちゃんは嬉々としながら曲を選択した。

流れた曲に合わせて一緒に歌ってみる。

ひなたちゃん、うまっ！

ぎこちないわたしと比べて、彼女は堂々としたものだった。

「いまのフレーズ、すごくいいよねー。ちょっとメモしとこうかな」

そう告げて、わたしはノートを開く。

「この曲、シオンくんが作詞してるんだよ！」

ひなたちゃんが興奮気味に告げた。

「へえー、そうなの、すごいねー」

書き出していくと、フレーズのなかにちょうど小学校で習った漢字が出てきた。

わたしはあえて彼女に振ってみる。

「あれー、この漢字どうやって書くんだっけ？」

「結衣先生、東大出てるんだから知ってるんじゃないの？」

本当はわかっていた。でもここは、ひなたちゃんに答えてほしかったのだ。

「うーん、なんだったかな。『ZZZず』のひなたちゃん、教えてよー」

『ZZZずのひなたちゃん』と言われながら、推しが作詞した歌詞を書けないなんて恥ずかしい。そう思ったのかもしれない。彼女は机に置いていた漢字練習帳をパラパラとめくっていき、わたしが聞いた漢字を見つけ出した。

「こう書くみたいだよ」

彼女が練習帳をわたしに差し出す。

「ひなたちゃん書いてみてよ」

逆にわたしから鉛筆を渡した。

「もうー」

めんどうくさいという表情ながら、鉛筆を受け取ったひなたちゃんが、自分の手でその漢字を書く。

「きれいな字」

思わず感想を漏らしたわたしに、彼女は照れた。

その後も何曲か、歌っては、歌詞を書いてみる。それを繰り返した。

実は、紗雪から借りたＣＤの歌詞カードで気づいていた。ＺＺＺの楽曲の歌詞には漢字が多い。ひなたちゃんが知らない慣用表現や比喩表現も出てくる。だから、これが国語の勉強に応用できないかと考えたのだ。

過去に紗雪にも同じことをした。ちょうど紗雪が好きだったアーティストの歌で。

ひなたちゃんにはほかにも勉強法を伝えた。

夜更かしのせいもあるだろうけど、いままでは受験勉強ばかりでからだがなまっていたんだと思う。で、そのせいでなかなか寝つけずに、生活リズムが狂っていた。

そこで、寝る少し前に『「踊ってみた」動画』でダンスすることを提案した。それによって眠りが深くなって、朝もすっきり起きられるようになるんじゃないかって。

実際のところ、半信半疑だったひなたちゃんも、わたしのアドバイスを守るうちに、二週間ほどで生活のリズムが改善されてきた。映子さんが起こさなくても、自分で時間通りに起きるようになったという。

それに、わたしの授業中も集中力が増してきた。勉強しているときは、スマホを自主的にリビングに置いてくるようになり、受験勉強と息抜きと、メリハリがつけられている。

「ねえ、結衣先生。なんか最近、調子がいいの。頭もからだもシャキッとして、勉強しててもボーッとしなくなってきたんだ」

うれしい報告だった。徐々に気持ちが乗ってきたひなたちゃんに、今度は本格的に得点アップにつなげるための勉強法を実践した。

それが、『ホームワークテスト法』だ。

結局、これまで宿題を写したことがあったかどうかは聞いていない。いまの彼女ならもう大丈夫だと思ったし、この勉強法で臨めば集中できるはずだ。

これまでは、宿題は期限を次回までとして、時間設定もひなたちゃんに任せていた。もちろん宿題ページに点数はつかなかった。

それを変えてみた。

次回までにやるのは同じ。ただ、制限時間を設定した。

「宿題も、必ず時間を計ってやってみようね」

さらに、設問ごとに点数配分を記載して、見開き四ページで五十点満点になるようにした。

「ええー、なんかテストみたいで緊張するなー」

ひなたちゃんはそうボヤいたけど、名前の通り、宿題もテストを受けるように臨む。

そもそも授業で習った問題ばかりだし、難易度は高くない。それでも、制限時間を決めて得点もつくとなると、いつもより集中して取り組むはずだ。

勉強量と集中力を取り戻せば、彼女はきっとよくなる。

さらに、勉強量の増加と並行して知識の抜け漏れを埋めるため、もうひとつの勉強法も始めた。

それが『ゼロスタート法』。

ゼロからのスタート。

彼女が苦手とする特殊算は、ひとつのパターンでもレベル分けすれば基礎から難問まで五段階には分けられる。つるかめ算のレベル3、応用でつまずいたとしたら、レベル1の基礎から解き直す。

空間図形の問題もそうだ。『明七』の過去問にもあったのが立方体（積み木）問題。段々状に何段か積み上げた立方体の積み木がある。その表面に色を塗り、それから積み木を崩したとき、一面だけに色が塗られている積み木は何個あるか。

こういうときは基本に立ち戻る。まず投影図を理解して、それから一段ずつどんな構造になっているか、各段で調べる。方法を確認する。

つまり、基本の上に応用を積み重ねていく。

いったいどのレベルから曖昧になっているのか彼女もわたしも気づきやすくなる。

遠回りに見えて、最初から確認したほうが、結果としては早く理解できるのだ。

そうして二人三脚で頑張ったおかげか、八月終わりの模試でようやく、昨年まで維持していた成績にまで戻すことができた。

「ひなたちゃん、やったね」

「うーん、でも、まぐれかも」

彼女はまだ自分の結果が信じられないようで、微妙な表情をする。

わたしは内心ホッとした。大喜びして気が抜けてしまったらどうしようと思っていたけど、それは杞憂だった。

「大丈夫だよ、ひなたちゃんなら。まぐれなんかじゃない」

秋には模試が続くから、そこでそれを証明しよう。

やったことが成果につながる――それ以上にモチベーションを上げる術はない。

具体的に過去問対策をしながら、さらに生活リズムの改善も行っていった。

以前のひなたちゃんは、布団にもぐってからも深夜までラジオを聴いていたが、映子さんにお願いしてネットでタイムフリー視聴できるプランに変えてもらった。

それと同時に、映子さんにはひなたちゃんのよき理解者になってもらおうとした。

彼女の好きなものを否定しないでほしい。わかってあげてほしい。

ひなたちゃんが勉強と趣味でメリハリをつけられているなら、前向きに臨めているんだったら、どうかそれを認めてあげてほしかった。

それでわたしは、わたしが学んだＺＺＺの『歴史』、挫折続きだったデビュー前の苦労と苦悩だったり、シオンくんを『研究』してまとめた魅力だったりを、映子さんにプレゼンした。その準備は、東大の卒論くらい頑張ったかも。

すると、その甲斐あってか、

『このシオンくんって子、しっかりしてるのねー』

『そうなんですよ、わたしも読んでてハッとさせられました』

『ダンスもかっこいいし』

『相当な努力をしてきてるんでしょうね』

『そういう努力をひとには見せないのがプロだわー』

最初はピンと来ていなかった映子さんも、徐々にシオンくんやＺＺＺに興味を示してくれた。

そんなある日、突然のサプライズがあった。

実は、わたしとひなたちゃんは、シオンくんがＤＪを務めるラジオ番組に、定期的に投稿をしていた。毎回決められたお題に対して書くことが多かったけど、並行して『ふつおた』――ふつうのお便りも送っていた。

そして、その『ふつおた』が！　シオンくんに読まれたのだ。しかもなんと、わたしの投稿した『ふつおた』だ。

放送は深夜だったから、ひなたちゃんはタイムフリーで翌日聴くであろうその番組を、わたしは授業後に帰宅してリアルタイムで流していた。

続いて、これは『ふつおた』かな。

えー、東京都にお住まいの『ゆいセンセー』さんから。

『わたしはいま、家庭教師の先生をしています。生徒のなかにシオンくんのことが大好きな女の子がいて、よくふたりでシオンくんの魅力を語りあっています』

わー、先生と生徒で僕のこと話してくれてるの？　うれしいなー。

『その子はいま中学受験に向けて勉強を頑張っているのですが、彼女にオススメできる本を教えてくれませんか』

なるほどー。中学受験かー、早くから目標持ってて、偉いねー。

僕はそれくらいの頃、ちょうどいろんな事務所のオーディションに応募して、落ちまくってたときだなー。自分のダンスがどれだけ未熟かって思い知らされた時代だよ。受験勉強もつらいことあるかもしれないけど、夢があるなら諦めないでほしいよね。

おっと、ディレクターさんに『お便りに答えてあげて』って言われちゃった。自分語り、失礼！　そうだね、僕がハマったオススメ本はたくさんあるんだけど、小学六年生の女の子でしょ。じゃあ……これ、みんなには初めて話すと思うんだけど。

この本には勇気づけられたなー。


いまも実家の部屋の本棚にある、大切な宝物。

シオンくんはそう言って、とある本のタイトルを紹介してくれた。

かつて、シオンくんがオーディションに落ちてばかりいたとき、彼の両親から贈られたのだという。

そのエピソードを、ちょうど歯を磨きながら聴いていたわたしは、口から歯磨き粉を吹き出しそうになりながらも、急いでスマホを手に取ると、紹介された本のタイトルを検索した。

なんでも、世界の子どもたちの民族性豊かな暮らしぶりや、彼らの希望や不安、そして夢見る表情を写真で追った本らしい。

出版年はわりと古い。ネット書店で在庫一冊とあったので、すぐに購入ボタンを押そうとしたら……直前で表示が切り替わった。

え！　まさかの在庫切れ。

ほかのネット書店やリアル書店のネット予約も確認したけどダメだった。

うわー……負けたー。ショック！


翌日の夕方、ちょうどひなたちゃんの授業があった。

「きゃーっ！　結衣先生ー！」

高層マンションの十五階、羽住家の玄関を開けると、ひなたちゃんと、そして映子さんまで、そろってわたしを出迎えてくれた。

「すごいじゃん！　読まれたよね、ね、ね！」

ひなたちゃんの興奮は凄まじかった。

「わたし叫んじゃった！」

そして映子さんも、いつもの落ち着いた様子からは想像できないくらい飛び跳ねていた。

「でも、せっかくシオンくんが紹介してくれたのに、その本、検索したら秒で売り切れちゃって」

わたしが残念そうに頭を掻くと、

「それなら……」

映子さんがひなたちゃんとアイコンタクトして、靴箱の上の包みを掲げた。

え、まさか。

「じゃーん！」

受け取ったひなたちゃんが包装を開くと、それは例の本だった。

「ひなたは寝てたけど、わたしリアルタイムで聴いてたの。運よく注文できちゃった」

胸を張る映子さんに、ひなたちゃんも誇らしい顔をしている。

まさか、映子さんに押し負けていたとは。

でも、そこまでしてくれた映子さんに、わたしもうれしくなった。

以来、ひなたちゃんはその本をむさぼるように読んだ。そして、シオンくんが紹介してくれた本から、彼女も世界の子どもたちの暮らしに興味を持ったらしく、自分の意見を書いたり、調べたりするようになった。

そしてある日、わたしは雑誌で知った。

シオンくんが明大に在学中であることを。

紗雪に電話すると、

『あれ？　わたし言ってなかった？』

と、何をいまさらという口調で返された。

ひなたちゃんに聞けば、

「あれ？　結衣先生、知らなかったの？　だからわたし、明大目指してるんだよ」と。

これまた〝リトル紗雪〟のような反応。

知らなかったの、わたしだけか……。

「ひなたちゃんが進学するときには、シオンくん卒業しちゃってるよ？」

「それでも同じ大学を母校にしたいの」

ひなたちゃんは目をキラキラさせて、そう答えた。

これからたくさんの経験をして、もっと深く考える機会もあるだろう。

夢は変わったっていいし、増えてもいい。

ひなたちゃんのいまのモチベーションだって、ちゃんと行動を起こす大きな原動力になっているんだから。

彼女のことを、心から応援していこう。

あらためて、そう決意した。

カケルくんやひなたちゃんのように、その子が変化することを保護者が応援してくれればうまくいくことも多い。

でも……親に恐怖を感じている子は、いったいどうしたらいいんだろう。

秋／味方

Lesson3　澤村家の場合

1

イチョウの起源は恐竜より古い。

化石にもなっている植物が現代まで残っているんだって考えると特別なものに見えてくる。

でも、そんなふうにイチョウを眺めるひと、わたしくらいかな。

徐々に色づき始めた並木道を歩きながら、季節を感じた。

ようやく夏の暑さが引いたと思えば、上着を羽織らなくても過ごせるような日に戻ったり、その翌朝はいきなりコートが必要になったり。家庭教師に出かける前と帰るときとであまりに寒暖差が激しいから、毎日何を着ようか困ってしまう。

そんな移ろいやすい気候の秋は、中学受験の本番に向けて、毎週のように大手塾の公開模試が続く。そのすべてを受けるわけじゃないものの、塾や予備校で九月から年内いっぱい予定されているだけで、実に三十近くもある。

担当している六年生のみんなは、それぞれに頑張っていた。

カケルくんは、適性検査模試での公立中高一貫校合格判定、D。いまがまさに粘りの時期だ。ただ、以前はおっとりしているだけだった彼が、最近ではよく自分から質問を投げかけてくる。問題集で出題されている問いだけでなく、自分が感じた疑問とか、本で読んだ内容について考えたこととか。ムクムクと育つその好奇心には、麻耶さんと一緒に感心している。

ひなたちゃんはようやく『明七』の合格ラインが見えてきた。夏の終わりにあった公開模試で以前の成績まで挽回してからは、勉強量も集中力もアップしている。疲れたときやうまくいかなくて落ち込んだときには、シオンくんが紹介してくれた本を開いて勇気をもらっているという。あの本は、彼女にとっても宝物になったようだ。

そして、担当している小学六年生のひとり、澤村怜(さわむられい)くんも、ひなたちゃんたちと同様に大手塾の模試に臨んでいた。

怜くんは、ひなたちゃんの住むマンションからほど近いところにある別のタワーマンションの二十階に住んでいる。うちの実家は古い一軒家だったし、地方から上京して、大学時代は比較的安価な寮に身を置いた。そんなわたしには高層マンション自体が珍しいのに、教え子にふたりもタワマン住まいがいて、しかも彼らは同じ小学校のクラスメイトっていうんだから……。なんとも不思議な感覚になる。

「ねえ、篠宮さん。『合格判定模試』の結果って、まだ出ないのかな？」

そのタワマンを訪れると、怜くんの母親である恵理(えり)さんから問われた。

彼女も少し前に帰宅したばかりのようで、スーツ姿のままだった。

恵理さんはＩＣＵを卒業し、新卒で就職した外資系のアパレルメーカーでいまは企画開発室の室長をしているという。なんでも、語学力を活かして海外の工場やバイヤーたちと頻繁にやりとりしているらしい。

いわゆるキャリアウーマンというのだろうか。いつも身なりを整えていて、きれいだし、何よりかっこいい。近しいひとでいうと、『ノーツ』の代表である七緒さんと似た雰囲気があった。

「いえ、もう届いていてもいい頃だと思います」

その公開模試は郵送返却で、ふつうなら先週には到着しているはずだった。同じ模試を受けたひなたちゃんからは、数日前には結果を見せてもらっている。

「そう……」

恵理さんは首をかしげながらピアスを外していく。

それからわたしは、怜くんの部屋に向かった。

彼はすでに机の上に開いた問題集を解き進めていた。

もともとサッカーをやっていた怜くんは、グラウンドで走っている姿が似合いそうな男の子だ。芯がしっかりしていて、決めたことはきっちりやるタイプ。それに、とても素直。後ろ向きなことは言わないし、ひたむきに取り組むところに好感が持てる。

「こんばんは」

「あ、先生……こんばんは」

顔を上げて挨拶してくれたものの、その声には覇気がない。

ちょっと、いつもと様子が違った。

「なんかあった？」

心配して聞くと、驚いたように小さく「えっ？」と声を上げて、怜くんがもう一度こちらを見た。

「どうして？」

「なんとなく、元気がないように見えたから」

そう伝えると、彼はニカッと笑って、「気のせいだよ。全然元気だし」と答えた。

「それより先生、この問題教えてよ。さっきからずっと考えてるんだけど、どこから手をつけていいのかわかんなくて」

算数の、回転体の体積を求める問題だった。

あ、これ。

「ちょうど『合格判定模試』に類題が出てたね」

なんの気なしに口にしただけだったのに、怜くんの顔が急に強張る。

「そういえば、お母さん、まだ結果が届いてないみたいって言ってたよ」

「あ、うん。そうなんだよ。どうしたんだろうね。気になってしかたないのに」

彼は早口で答えた。

わたしを見ずに、その視線はふらふらとさまよっている。

なんかおかしい。怜くん、どうしちゃったんだろう。

「やっぱり、なんかあった？」

「ううん、何もないよ。あ、この問題はいいや、それより、こっちの問題教えてよ」

怜くんはずっと解いていたという算数の問題集をあっさり閉じると、代わりに理科の問題を見せてきた。

しょうがないな。一旦引こう。これ以上深追いしても気まずくなりそうだし。

わたしは彼の横に用意された椅子に座ると、提示された問題の解説を始めた。

怜くんの部屋の壁には、海外のサッカー選手のポスターが並んでいる。

サッカーにはあまり明るくないわたしに、彼はよく、各クラブの戦術の特徴だったり、中心選手の魅力だったりを語ってくれた。

担当し始めた小学五年の春頃には、地元のクラブチームでレギュラーに選ばれたことを喜んでいたし、週末にはサッカー観戦にも行っていたようだった。

『本当にすごい選手って、頭がいいんだよ。周りの動きを見て一瞬で判断できるし、難しい試合になっても冷静に次の一手を考えてるもん』

だから彼は、勉強もサッカーも、どちらも頑張りたいと言っていた。

ただ……、夏、秋と季節が巡っていくうちに、徐々にサッカーの話は減っていった。来年は受験だからと、お父さんからクラブチームの練習を制限されたのだ。

もともと週四日あった練習日は三日に減り、そのうちに二日になって。さすがにその程度の練習量でレギュラーになるのは難しいのだろう。怜くんもそれは覚悟していたらしい。それでも彼自身は、試合に出られなくてもみんなとプレーできることが楽しいと話していた。

でも、小学五年生の冬には、ついにクラブチームそのものを辞めてしまった。

『受験までは我慢しなさい』

どうやら、お父さんにそう言われたらしい。

同時に、サッカー観戦もサッカーゲームもしなくなってしまい、傍から見ていてもさすがに制限しすぎで息苦しくないかと気を揉んだ。

すると怜くんは、

『しょうがないよ。受験するのに中途半端な気持ちじゃ受からないだろうし。『東郷』入ったら思いっきりサッカーできるから。それまでは、我慢、我慢』

自分に言い聞かせるようにして笑った。

彼が目指しているのは私立の男子中高一貫校——東郷中学校。なかなかの難関校だ。

ただ、高校受験がないぶん、文武両道の教育方針を強く打ち出している。中学のホームページのトップ画面には、青々とした芝のグラウンドを駆ける生徒たちの姿があった。怜くんはきっと、そこで同じようにボールを追いかける自分の姿を想像しているのだろう。

それに対して最近の成績は、悪くはないものの横ばいだった。このレベルになってくると、みんなが頑張るなかでそれを上回る成績を上げるのはホントに大変なことで。そう簡単に伸びるケースは多くない。

でも、まだまだ合格圏内にはいる。

夏の成果はこれから出るはず。だって怜くんは努力家だし、ストイックだから。ちゃんと継続して頑張っている勉強の成果は、比例ではなく、曲線で表れるものだ。

最初はなかなか伸びが見られなくて、じれったく感じるかもしれないけど、一定の期間を経て急に伸びるはずだ。

怜くんは、それまでもう少しだ。わたしは信じてる。

そのために、最近怜くんに取り入れている勉強法があった。上位者向けで、及川美咲ちゃんにも効果的だった方法。

それが『質問⇔解答逆転法』だ。

やることはいたってシンプル。

たとえば社会で。

【蘇我氏と物部氏】

この語句が答えとなるのは、どんな質問のときだろう。

【仏教を信仰すべきかどうか、賛否について論争したふたつの氏族は？】となる。

【北前船】とは？

　こう問われてちゃんと説明できるかどうか。

「ええっと、日本海から瀬戸内海を通って大坂に至る航路で活躍した船の名前」

「正解！」

　そうやって、一般的には解答となる語句から質問を類推することで、ちょっと違った角度からその子の理解度を測ることができる。

　時折そんな勉強法も実践しながらカリキュラムを進めていった。

「じゃあ、五分ほど休もうか」

「うん」

　休憩と伝えたのに、怜くんはそのまま学校の宿題で出ていたプリントを解き始めた。

「休んでいいんだよ」

　すると彼は、

「このプリントならけっこう簡単だから、息抜きみたいなものなんだ」

　そう答えて机に向かった。

　怜くんは簡単だと言うけど、中学受験の勉強をしていない小学生が解いたらけっこう苦戦しそうな問題ばかりだった。好きなサッカーチームを辞めてまで取り組んできて、簡単だと感じられるまでになったのは成果だった。

ホント、ストイックな子だな。

怜くんの背中を見つめながら、あらためて、絶対に合格させてあげたいと思った。

そんな折。

休憩中、お手洗いを借りたあとのこと。

廊下の先のリビングから恵理さんの声が聞こえてきた。どうやら相手は、怜くんのお父さん――総一朗(そういちろう)さんのようだった。

夫婦の声には、ずいぶんと棘がある。

お互いにトーンは抑えているものの、イライラしていた。

「このままで本当に、『東郷』は大丈夫なんだろうな」

「あなたも親なら、そういう一方的な言い方しないでくれる?」

「家庭教師に任せるから黙って見てろと言ったのは誰だ」

「あなたが口を出し過ぎると、怜がやりにくくなるの。だから家庭教師に見てもらってるんじゃない。あの子はあの子なりに、考えてやる子だし」

「もう受験直前だぞ。そんな呑気なことでどうする」

「受験するのは怜なんだから、親が焦ったってしょうがないでしょ」

総一朗さんは、金融関係の仕事をしていると伺っていた。

恵理さんによると、『部下にも、わたしにも、怜にも厳しくて、さらに自分自身にも厳しい』らしい。

『あのひとの基準は自分の過去の成功体験なの。自分にできたんだから怜にもできるはず。自分がやってきたようにやれば怜もうまくいくって』

めったに不満を口にしない怜くんも、『前は、お父さんが教えてくれたこともあったけど、全部自分基準だから、こんなのもわからないのか？って聞かれるのがつらくて。それで家庭教師をお願いしたんだ』とこぼしたことがあった。

『学校のことはほとんど聞かれない。見るのは通知表くらいかな。◎がいくつ並んでるか、そこだけ』なんて言っていたことも。

総一朗さんはいつも帰りが遅いようで、これまでお会いしたことは数回程度だ。

それに、顔を合わせたときも、たいてい専門雑誌か書類なんかを読んでいることが多い。だからちょっと会釈するくらいで……。正直接しにくい印象だった。

わたしはリビングに背を向けると、うつむきがちに耳をふさぐようにして廊下を急いだ。

部屋に戻ると、怜くんはスマホを開いていた。

「いまちょうど、ひなたからメッセージが入って」

こちらが聞く前に答えてきた。きっと、遊びで使っていると誤解されたくなかったんだろう。彼はそういうところに気を遣う。

「そうなんだー」

同じクラスなんだし、いまどき小学生でも異性間でメッセージのやりとりをするくらいふつうのことなのかな？　だからこういうときは、「で、ひなたちゃん、なんだって？」って、気さくに問い返せればいいんだけど。

踏み込んじゃいけない内容だったらどうしようと思い、なんとなく躊躇してしまった。

「明大の文化祭に誘われた」

わたしのためらいを察したのか、やりとりの中身を怜くんから話してくれた。

でも、「へえー」と、返事は平静を装いつつも、ますますドギマギしてしまう。

怜くんとひなたちゃんに、そんなプライベートなつながりが？

「ちょっと先生、ポカンとしすぎ」

怜くんが困惑するように言った。

「えっ、そう？」

「うん、フリーズしてた」

「ハハ、ごめん、ごめん」

「ひなたとはただの友達だよ」

怜くんは、またしてもわたしの心を見透かすように説明してくれた。この子はホント、相手の考えを感じ取る能力に長(た)けている。

「べつに、なんにも意識してないし、されてもないもん。そもそもひなたはシオン推しでしょ。あ、でも、『ただの』友達とか言うと怒られるかも。友達っていうより、『同志』かな？」

「同志……」

小学六年生の男の子の口からそんな言葉を聞くとは思わなかった。

「中学受験って、勉強してるときは孤独なんだ。もちろん先生がいっぱい助けてくれるけど。でも、やっぱりやるのは自分でしょ。ひとりっきりで机に向かってるとうまくいかないことも多いし。それに、本番なんてめちゃめちゃ緊張しそうだよね。だから、こういうときはお互いに、同志がほしい気にもなるのかな」

そうだったのか……怜くんもひなたちゃんも、そんなことを考えていたのか。

それでもひたむきに、健気に頑張る小さな挑戦者たちの姿に、なんだか胸が熱くなった。

もちろん、頑張っているのは彼らだけじゃない。

わたしが受け持つ、ほかのふたりの受験生だって。

カケルくんからはうれしい報告をもらった。

夏休み中に取り組んだ『日本のお城の特徴とその変遷』というテーマの自由研究が、なんと都の優秀賞に選ばれたのだという。

『あの子、受検勉強の時間は削らないからって、自分からわたしに約束してきてね。

朝は早起きして図書館に行って、いろんな本を読み漁っちゃって……』

麻耶さんは我が子の成長を感慨深そうに話してくれた。

公開模試はC判定とD判定を行ったり来たりしていたものの、カケルくんは変わってきた。わたしから見ても、学びたい、もっと知りたいという欲求が日に日に強まっているように感じる。

そして、美咲ちゃんも。

御三家に次ぐ超難関、『廉廉』を希望する美咲ちゃんは、模試での合格可能性80%、偏差値69を維持している。小学五年生の春から担当しているが、これまで成績にブレや落ち込みがなかった。

それでいてストイックなのだ。先日郵送で到着した模試の結果も、その日にはわたしに報告してこなかった。落ち込んでいたわけでも浮かれ気分になっていたわけでもなくて、いったいどんな問題でミスしてしまったのか、そこを確認して解き直しをすることで頭がいっぱいだったらしい。

そうやって没頭するところは、なんだか昔のわたしに似ていた。

そういえば……。模試で思い出した。

怜くんの結果はどうだったんだろう？

先週は、まだ届いていないようだった。いや、まだというか、先週時点で届いていないのは遅すぎるし、郵便事故でもあったのかと心配してしまう。そんなことを思いながら今日も怜くんのマンションに向かった。

二十階でエレベータを降り、玄関に着くとチャイムを押す。

ちょっとした間があってから、恵理さんがドアを開けてくれた。

なんだか息遣いが激しい。玄関まで小走りで来たのだろうか。

そのとき、

「ふざけるな！」

廊下の奥から総一朗さんの怒鳴り声が聞こえた。

2

何が起こったのかとうろたえるわたしに、恵理さんが一息に話してくれた。

怜くんの公開模試の結果は、恵理さんが開催元に問い合わせたところ、とっくに到着しているはずだと告げられたらしい。そこでさらに、郵便局に申し出て追跡調査をしてもらったら、たしかに配達済であると。そして受取人は怜くんであると。

それなのに……ううん、それでも怜くんは言葉を濁して黙り込んでしまったそうだ。

最終的に、総一朗さんが怜くんの部屋に立ち入り、彼の机の引き出しから成績個票を見つけたのだという。

玄関で靴をぬぐと、恵理さんのあとをついて怜くんの部屋に向かった。

部屋のなかでは、怜くんが机の前の椅子に座ったままうなだれていて、その横には総一朗さんが仁王立ちで彼を見下ろしていた。

恵理さんは部屋には入らず、なぜか黙ったまま。わたしもただならぬ殺気に足がすくんでしまい、なかに踏み込むことができなかった。

総一朗さんの手には、よれよれになった成績個票。

「なあ、自分のしたことを説明できないのか」

その声は怒気をはらんでいた。

「ごめんなさい」

怜くんが絞り出すようにして謝った。

「隠した理由を言いなさい」

「見せられる成績じゃなかったから」

「だから隠すのか！」

「ごめんなさい」

総一朗さんは鬼の形相で容赦ない。

あ、ヤダ……。

わたしは自分の足が震えていることに気づいた。

「なあ、怜。なにも難関中を目指してるわけじゃないんだから、もう少し取れるだろう」

　怜くんがいたたまれない。同時に憤りも覚えた。

　彼が狙う東郷中だって、十分ハイレベルだし、毎年倍率も高い。

　それでも必死の思いで勉強して、入学後の理想だって思い描いているのに。

「父さんは塾も行かなかったし家庭教師もつけなかった。そんな、ひとに頼ってばかりいては考えることもできなくなるからな。算数なんて、遊びみたいなものだろう。答えが決まってるんだから。もっとちゃんと頑張れ」

　怜くんはうつむいたままだった。

「ただでさえ、大人になったら答えのない問題を解くんだ。いや、むしろ、自分で問題を探さなきゃいけない。仕事っていうのはそういうものなんだぞ」

　小学六年生の子どもに、見下ろしながら仕事論を語るなんて……。

　恵理さんが話していた通りだ。全部、自分基準。それに、あえて怜くんに答えられない言葉をぶつけているようにも見えた。

「なあ、怜」

「……」

「なあ」

　怜くんはなおも顔を上げない。その横顔は、別に反発しているわけじゃなさそうだ。それよりも、ただ悲嘆にくれて声も出せないという雰囲気だった。

早く止めたい。わたしが割って入らないと。

心ではそう思うのに、足の震えがからだに伝わり、身動きが取れない。

「怜！　なんとか言え！」

総一朗さんの怒号に、わたしは肩をビクッと震わせた。

「そんなにやる気がないなら、受験なんてやめろ」

怜くんはなおも黙り続けた。

頑張れと言っておきながら、今度はやめろと容赦なく吐き捨てるなんて。

これじゃ、ダブルバインドだ。

そんなことをしたって怜くんを追い込むだけなのに。

すると、ずっと怜くんを見ていた総一朗さんが、ドアの脇に立つわたしを睨んだ。

この家に家庭教師で来るようになってから一年半以上。もしかして、こんなにちゃんと目を合わせたのは初めてかもしれない。

「東大出てるっていうから任せたんだ」

静かだけど、低く冷たい声だった。

「払っている指導料がどういう成果につながるのか、見せてくれないか」

急に呼吸が荒くなった。息をするのも苦しい。

まるで鋭い刃物の切っ先を眼前に突き付けられたようだった。

恐怖で何も言えない。

そんなとき、耳の奥からまた例の声が響いた。

――あれ、東大出てるんだよね。そんなこともできないの？

――なあ篠宮、きみはエリート街道を通ってきたんじゃないのか。

――まあ、しょせん文Ⅲだし。

――学歴ってなんだろうね。

亡霊のようにさまよい続ける忌まわしい声たち。

耳をふさごうとも止むことはなく、暗闇の日々がフラッシュバックする。


――勤勉だけを取り柄に、それでも最高学府と謳われる学び舎で平穏に過ごしてきた学生時代だった。授業はすべてしっかり出席し、レポートにも真面目に取り組んだ。卒論だって頑張った。それに、勉強以外でだって、けっして独りぼっちだったわけじゃない。東大には東大女子だけでつくるフリーペーパーがあって、四年間その制作にも携わり、交流してきた。

それなりに、というか、ううん、とっても充実した日々だった。

その先の進路選択では大学院に行く子も多かったけど、わたしはやめた。両親の顔がちらついたせいもある。これまでいっぱい経済的なサポートをしてもらった。やりたいだけ勉強させてもらったし。だからこれからは、自分の手で稼いで、逆に両親に楽をさせたい。それなりの貯金ができたら、そのうち温泉旅行でもプレゼントしたいな、なんてことも思っていた。

それで、広告代理店や新聞社なんかを受けた。

すると、そのうちのひとつ、ダメもとで受けた大手商社に採用が決まった。

社名を聞けばたいていのひとが知っている有名な会社で、両親も喜んでくれた。

東大に合格したときと同じくらいうれしかった。

でも……。

それから境遇が一変した。

入って早々、いろんな雑用を任され、連日の残業続き。

尋常じゃないほどの業務量。それをたいした説明もなく、『やっといて』と目も合わせず指示されて。

あまり器用なほうじゃないけど、それでもなんとかがむしゃらに頑張った。

勉強でも調べ物でも、時間を忘れてしまうくらい没頭することが多かったから、雑務だとか業務量のことは覚悟を決めて受け入れていた。

社会に出たんだもん。仕事ってこういうものなんだよね？　そう自分に言い聞かせた。

そう、それだけなら耐えられた。

ただ、つらかったのはそれ以外だ。

会社では、男性社員が女性社員の容姿や愛嬌の有無ばかりを、信じられない言葉で評していた。

――使えるブスと使えない美人だったらどっちがいい？

――そんなの決まってんじゃん。美人一択。

――暗いヤツ、マジ最悪な。

――暗いっつーかダサくね？

――あー、なんか田舎臭い。

目の前で言われたわけじゃない。でもいろんなところから耳に届いた。本人たちは雑談のつもりで茶化しただけなのかもしれないけど、これがきつかった。

入社案内には『女性の活躍できる職場』とあった。会社説明会では女性のキャリアプランも大きく書かれていて、子育て支援にも積極的な印象だった。インターンでは優しい先輩たちが指導してくれていたのに。

社訓も、経営理念も、コンプライアンスも、いったいどこへ消えてしまったんだろう。

入った部署が悪かったのかもしれない。

そこには女性なんて数えるほどしかいなくて、しかもそのひとたちは、みんな男性と渡り合える能力があって、毅然としていて強かった。つまり、〝生き残り〟なんだろう。

でも、そういうひとたちは、わたしのことなんて助けてはくれなくて……。

女性の新入社員で唯一そこへ配属されたのは、わたしが東大卒だったから？

連日の残業には、いつしか休日出勤も加わった。

なんとかミスをしないようにって、仕事を覚えることで必死だったのに、先輩や同期の心ない言葉にますます疲弊した。社内のひとの顔を見るのが怖かった。目を合わせるのなんてなおさら。わたしに向けられた冷たい眼差しに耐えられなくて。

それでも上司には相談できなかった。

だって……、総一朗さんみたいなひとだったから。

高圧的で、自分が基準。仕事を教えようとか、割り振りを調整しようとか、そんなことはまったく考えていないようだった。

それどころか、

『学歴で重宝されるのは、ビジネスじゃ人脈やコネを持ってる人間だけだ。東大一学年三千人、OB、OGまで入れたらすごい数だろう。君にはどんな人脈がある？』

入社直後にそう問われて、フリーペーパーのことを話したら鼻で笑われた。

『まあ、営業実績で証明してくれ』

フリーペーパー制作がどんな活動なのか聞きもしないで……。

ただ笑われたのが悔しかった。わたしにとって大切な青春の一ページなのに。

それ以来、その上司には、怖くてこちらから声をかけることもできなくなった。

連勤による体調不良とメンタルの落ち込みもあり、いつしか出社前に頭痛と腹痛、吐き気を覚えて休みがちになった。

自分を責めてばかりの日々が続いた。

それで結局、その商社はわずか一年足らずで辞めてしまった――。

『払っている指導料がどういう成果につながるのか、見せてくれないか』

かつての上司から投げかけられたのと同じ冷たさを感じた総一朗さんの言葉に、わたしは返事ができなかった。

呼吸が苦しくて、声が出せない。

総一朗さんは呆れたように鼻から深く息を吐いた。

そのとき、

「ごめんなさい」

怜くんの声だった。

うなだれたまま固く目を閉じて、怜くんがわたしの代わりに謝ったのだった。


その日は直帰せず、『ノーツ』事務所に戻った。

代表である七緒さんに、澤村家の件を報告するためだ。

「そんなことがあったんだ。大変だったね」

事務所の応接ソファに座るわたしに、七緒さんはコーヒーを出してくれた。

ちなみにわたしの前職での過去は、『ノーツ』の採用面接の際、すでに七緒さんには話してあった。

七緒さんも自分のカップを手に、わたしの向かいに腰を下ろす。

「澤村さん、契約解除しようか？」

「え……、そんなこと、できるんですか？」

「もちろん、一方的に通告することはできないけど、わたしがお宅に伺って交渉するよ」

彼女はためらうことなくそう言った。

「七緒さんにそんなこと……」

「理不尽な態度で信頼関係を壊すような相手は、残念だけどお客さまとは呼べないの」

七緒さんは高校の頃からずっと憧れの先輩だ。昔から芯が強くて、頼もしくて、それでいて優しくて。いまもそれは変わらない。いや、変わらないどころか社会に出てみて、わたしにとって七緒さんの存在は例えようがないほど大きくなった。

「どうする？」

七緒さんが静かに問う。

怜くんが目を閉じたまま謝ったあと、恵理さんが仲裁してくれてその場は収まったものの……あの日の授業は重々しかった。リビングに総一朗さんの気配を感じるだけで、わたしも怜くんも、ずっと落ち着かなかった。

そんな日々が受験まで続くとしたら、考えただけで息がつまる。

「でも」

心で思った言葉がふいに口をついて出た。

「でも？」

七緒さんが聞き返す。

わたしは、迷いをそのまま言葉にした。

「このまま離れちゃったら、やっぱり怜くんを見捨てるみたいで」

「もちろん、悩ましいよね」

「怜くんにはちゃんと目標があって、すごく頑張ってるんです」

思いを吐露しながら、怜くんと総一朗さんの顔が交互に浮かぶ。

わたしの心は揺れていた。

3

新幹線の停車駅を降り、各駅停車の普通列車に乗り換えて五駅。

そこからさらに四十分ほど路線バスに揺られて着いた先には、民家と田畑が半々くらい。

近くにビルやマンションはない。ましてタワマンなんて、はるかかなたに見える程度だ。

悶々とした思いを抱えたまま、わたしはバスを降りた。

すぐ先に、昔と変わらない二階建ての一軒家がある。

今日は家庭教師の授業がなかったから、久しぶりに実家へと戻ってきた。

午前十時を過ぎた頃。

庭ではちょうど、母が洗濯物を干していた。

「お母さん、ただいまー」

「ああ、おかえり。元気にしてた？」

「うん。元気だよ」

笑顔で答えると、

「わたしもすっごい元気」

そう言って母も満面の笑みを見せた。

そして、手にしていた洗濯物をかごに戻す。

「さあさあ、入ってちょうだい」

「洗濯物、いいの？　手伝おうか？」

竿に干すべき衣類が、かごにまだ大量に残っていた。

「いいの、いいの。結衣、長時間の移動で疲れてるでしょう。いま、お茶淹れるね。

ご近所さんからもらったおいしいお菓子もあるから。一緒に食べよ」

わたしは母に背中を押され、玄関に向かった。

大学進学による上京を機に、実家を離れて七年目。

わたしが戻ってくると、母はいつもお客さんのように迎えてくれる。

畳の居間には仏壇があり、祖父母の遺影が並んでいた。縁側の外に広がる青みがかった空は薄く澄んでいて、今日の気候は暑くも寒くもなく、ちょうどよかった。

昔から変わらない空間。

「はーい、お茶とお菓子。召し上がれー」

母がお盆をテーブルに置いた。

「わー、ありがとー」

ひとり暮らしをするようになってお茶を飲むことが減っていたから、母が淹れてくれたお茶の清々しい香りには懐かしさを感じた。

わたしはひとりっ子で、いまこの家には父と母がふたりで住んでいる。

父はもともと口数が少ないひとだった。

どんな話題もあまり多くは語らない。食卓では母とわたしのたわいもないおしゃべりをただ聞いているだけだったし、わたしの勉強にも口を出してきたことがない。いつも好きなようにさせてくれた。

高校三年のとき、東大のオープンキャンパスに参加した帰り。

父に『東大で勉強してみたい』と伝えたら、『ああ。いいじゃないか』と返された。それはあまりに短く淡白で、なんだか少し拍子抜けした。地方から、公立高校から、それも女子が。なんて、話した相手によってはずいぶん驚かれたのに。

冬には、受験勉強の追い込みで夜遅くまで机に向かうことが増えた。そのときも父は、『あまり頑張り過ぎるな』と、ただそれだけ言った。

東大合格の報を告げたときには、『良かったな』と。

どんなときもだいたい十文字以内なのだ。

もろろん、そのひと言にたくさんの思いが込められていたのはわかっている。学びたいように学ばせてくれた父には感謝もしている。

「見て、この羊羹、大きな栗！」

「おいしいねー」

母とお茶菓子を頬張りながら、しばらく近況をしゃべりあった。

わたしのいないふたり暮らしが長いから、寂しくないかな？なんて心配することもあったけど、それは杞憂だった。母は母でいろんな趣味をもっているし、ご近所付き合いもうまいから、いつも声に張りがある。娘のわたしから見ても若々しい。自分が母を案じるなんておこがましい気さえした。

「仕事はどう？」

話の流れで母が聞いた。

「もう社会人三年目だよ。順調、順調」

「会社のひとは仲よくしてくれるの？」

「うん。いろいろ相談に乗ってくれるし、すごく雰囲気がいい」

「周りのひとに恵まれてよかったねえ」

母はもともと、わたしから話さないかぎり、変に勘ぐったりズバズバ質問したりしない。彼氏は？とか、結婚は？なんてことも、もちろん触れない。

だから、実は……、いまだに打ち明けられていなかった。

商社を一年足らずで辞めたことを。

もちろん、嘘をつこうと思っているわけじゃない。わたしはいま、『ノーツ』で頑張っている。前向きに臨める仕事に就いているから、余計なことで両親を心配させたくない。その思いだけだった。

後ろめたさはもちろんある。このままずっと黙っておくわけにもいかないだろうし。

そう感じたからか、

「お父さん、いま畑なんだよね？　ちょっと手伝ってこようかな」

せめてもの罪滅ぼしのつもりで、言ってみた。

「あら、結衣が畑を手伝ってくれるなんて、珍しいじゃない」

「たまにはね。ダメかな？」

これまではお客のように振る舞ってきたけど、もうわたしも二十五歳だ。父は来年還暦を迎える。けっして若くはないんだから、少しは家族を支えなきゃ。

「ううん、喜ぶと思うよ」

母はニコッと笑って目を細めた。


父の畑は実家から歩いて五分ほど。

道なりに進んでいくと、緑の葉が茂る畑のなかに、麦わら帽子をかぶった青い作業着姿が見えた。

「お父さーん」

その背中に呼びかけると、父はチラッとこちらを見てから、周囲をきょろきょろと見回した。

まさか、しばらく見ないうちに娘の顔を忘れてしまったの？

一瞬緊張が走る。

「ねえ、お父さん！」

もう一度呼びかけて、足早に畑に踏み込んでいくと、父は「ああ、結衣か」と納得した。

「なんですぐに気づかないわけ？」

「そんな格好してるから。近所の高校生だと思った」

ああ、なんだ……、そういうことか。

着てきた服や靴が汚れないようにと、そういえば高校時代のジャージに着替えてきたんだった。でもまさか、一応メイクもしている二十五歳の娘を高校生と見間違えるなんて。

お父さんが親バカなのか、わたしが童顔なのか、はたまた地味すぎるのか……。

畑仕事の手伝いを申し出ると、父は「ああ」と答えた。

太陽が、そろそろ南中する頃。

父と一緒に、日を浴び、土に触れ、サツマイモの収穫を手伝った。

軍手をしたわたしに、父はスコップを手渡す。

「気をつけてな」

それで株元の土を掘り起こすのだ。

「軽くだぞ」

わたしは父の作業をよく見ながら、真似をしようとした。

父は当て感がいいのだろうか、スコップがサツマイモを傷つけないように、サクサクとリズムを刻む。掘るというよりも土をやわらかくしているようだった。一方、まったく不慣れな素人には、どの位置に見当をつけたらいいのか判断するのが難しい。

それでも父と比べて半分くらいのスピードで、ぎこちないながらもなんとか作業を進めた。

「よし」

土がやわらかくなったのを確認すると、父はスコップを置いた。

ここからは手で土を掘るらしい。わたしもその場にしゃがみ、慎重に掘り進める。

すると、サツマイモが見えてきた。

それを見た父は、「抜くんじゃなくて、周りの土を取り除くんだ」とアドバイスしてくれた。

また父と一緒に土に向かう。顔を出すサツマイモはいろんな表情をしていた。ゴツゴツしたのもあればツルツルしているのも。大きさだって、ヒョロッとしたものからがっちりしたものまで。そう、人間と同じ。それぞれに個性がある。

父は黙々と続けていた。わたしも同じく没頭する。手先は器用なほうではないものの、こういう作業は嫌いじゃない。時計をしてこなかったから、どれだけの時間が経ったのかさえもわからない。

南中した太陽の高度が、今度は少し低くなってきた気がする。

そろそろ作業も終盤というとき。

ちょうど父とは、お互いに背中を向けた位置になった。

わたしは振り向きもせず、ふいに問いかけた。

「お父さん、なんで早期退職したの？」

母は『機械いじりに疲れたんじゃない？』なんて言ってたけど、父から直接聞いたことはなかった。

「十分働いたから」

父は、考え込むこともなく答えた。

大手企業のエンジニアだった父の仕事を、正直わたしはあまり詳しく知らない。『企業秘密が多いから』と、父も家ではあまり話してくれなかった。でも、『世のなかに存在する文明の利器に大きく貢献するような開発をいくつも手掛けてきた』らしいことを、伯父や叔母からよく聞いていた。父は仕事熱心で、残業も休日出勤もいとわず、ひたすら開発に没頭するような責任感の強いひとだった。

昔から親族が集まると、『結衣ちゃんの性格はお父さん譲りだよな』と言われてきた。

でも、というか、だからこそ……か、わたしが商社を辞めたことは父にも打ち明けていない。何かを成し遂げるどころか一年足らずで辞めただなんて、話せるわけがなかった。

それに、もうひとつ後ろめたいことがあった。開発のすごいポジションにいた父が定年前に早期退職したのは、わたしの学費を確保するためだったのでは？と。どうしてもそう考えてしまうのだ。

当時の父の稼ぎとか貯蓄とか、わたしは全然知らなかったし、聞くにも聞きづらかったし。

結局いまだって、父の返事に、「そうなんだ」としか答えられない。

「なあ、結衣」

父が、わたしに呼びかける。

驚いて振り返ると、足元には大小さまざまなサツマイモが並んでいた。

「見た目はマチマチだが……一生懸命育ってくれた」

それらを愛でるように撫でながら、

「どれもうまいはずだ」

自慢げに語る父を見て、なぜだか涙がこぼれそうになった。


「せっかくなら泊まっていったら？」

母はそう言ってくれたけど、夕食まで共にして、その日のうちに東京へ戻った。

翌日の授業の準備もあったし、それに……。

わたしはやっぱりあの子たちの背中を押せるひと、伴走できるひとでありたかった。

正直、迷いを抱えたまま、弱気になって実家に戻ったけど……。

母や父の顔を見て、もう吹っ切れた。

せっかく就職した商社を一年足らずで辞め、東大まで出たこれまでの努力はいったいなんだったんだろうと絶望しかけたとき、紗雪がかけてくれた言葉を思い出した。

『結衣は結衣だよ』

彼女はそう背中を押してくれた。

『東大とか商社とか、関係ない。これからやりたい道を進めばいいの。ただ、わたしは結衣センセーが好きだったなー。どうやったらわたしにもわかるか、わたしのためにいっぱい考えてくれたでしょ。どんなにできなくても励ましてくれたし、手を差しのべてくれた。わたし、結衣にはひとに教える才能があると思う。楽しそうに学べるひとにはただそれだけで魅力があるんじゃないかな』

その助言が、間違いなくきっかけになった。

それから縁あって、高校時代の先輩、七緒さんが経営する『ノーツ』に拾ってもらった。

わたしには、わたしを支えてくれる大切なひとたちがいる。

それに、そんなわたしには、やることがある。

「そう、ここが平行だから、この角とこの角が同じになるでしょ。で、ここがわかれば、今度はこっちもわかるの」

「ああ、なるほど。そこに注目しなきゃいけなかったんだ。錯角と同位角ばっかり見てて、肝心の三角形の外角に注目できてなかった」

「でも、これで印象に残せたから、次は大丈夫だね」

「うん、もうできそう」

実家に帰った翌日の夕方。

わたしは澤村家で怜くんの授業をしていた。

そうなのだ。

七緒さんからは契約解除という選択肢も提示してもらったけど。

それはあくまでわたしのメンタルを考えてのこと、というのもわかっている。それでもわたしは、最後まで怜くんのことを見たかった。小学五年生から受け持ってきて、もう六年生の秋。受験までもうすぐだ。いま彼を見放すなんてできないし、一緒に合格を勝ち取りたい。

わたしの思いを感じ取ってくれたのか、休憩中に怜くんが、自分から先日の件について話してくれた。

「お父さんは御三家じゃないんだから受かるだろうって。自分が自力で難関大に入ってるから、僕にもできると思い込んでるんだ」

前に恵理さんも同じようなことを言っていた。

「でも、僕は自信なんて持てない」

怜くんが自嘲気味に笑う。

「そんなことない。怜くんには力があるよ」

気休めでも、ただの慰めでもなく、本心だった。

「ずっと机に向かってると、ときどき思うんだ。いくらやっても伸びないかもしれないって。そんなとき、お父さんに『大丈夫か？』って聞かれて、『大丈夫』だなんて答えられるわけないよ。なんだろう……不安っていうより、いまは恐怖？　やってもできないかもしれないとか、いい点を取らないと怒られるんじゃないかって。……受験のモチベーションがそれじゃあね」

そう呟いてから、怜くんは力なく笑った。

「お父さんとお母さんに、郵送された模試の結果を隠してたのは、僕がバカだった。その場しのぎの嘘なんていつかバレるのに……。ダメな自分を認めたくなくて、先生にまで嘘ついちゃって……ごめん」

この子は本当に誠実な子だ。

自分の思いをちゃんと言葉にできる。自分の弱さを認めて、受け入れて。

怜くんの成績はけっして悪くない。志望校合格までは、あとちょっとだ。

「怜くんの気持ち、わかるから。大丈夫だよ。誰も怜くんを責めたりなんてしない。それに、怜くんは正しい勉強をしてるから、きっとうまくいく。いまは苦しいかもしれないけど、続けてきた努力は結果につながるよ。だから一緒に頑張ろう」

わたしが微笑みかけると、怜くんはフッと息を吐いて頷いた。

そして授業のあと。

リビングで恵理さんに授業報告をしていると、あとから怜くんが顔を見せた。

「あら、どうしたの？」

恵理さんの問いかけに、

「お願いがあるんだけど」

怜くんは戸口に立ったまま切り出した。神妙な顔つきだ。

「何？」

「来週の日曜に明大の文化祭があって。友達に誘われたんだ。行ってもいいかな」

ああ、そういえば。前にひなたちゃんから誘いがきていたっけ。

恵理さんは黙ったまま、じっと怜くんの顔を見つめ返す。

それから、「どうしても行きたいの？」と彼の意思を確認した。

恵理さんが頭ごなしに反対しなくてよかった。

でも、そのとき。

「集まって、どうした」

ちょうどスーツ姿の総一朗さんが帰ってきた。

先日のことがあって気まずさを抱えていたところに、さらに不意打ちのように現れたものだから、わたしは椅子から跳び上がるようにして立ち上がった。

「い、いつもお世話になります」

総一朗さんは表情を変えずに、「ああ」と応える。

「篠宮さんから授業報告を聞いてたの」

「怜は大丈夫なのか」

ああ、これか。さっき怜くんが言っていた、答えづらい質問って。顔を合わせるたびにそんな問いかけしかされなかったら、大人だって息苦しくなる。

自分の膝が小刻みに震えているのを必死で抑える。

「大丈夫だと思えるように、いま頑張ってるんじゃない」

恵理さんが怜くんやわたしの思いを代弁してくれた。

「頑張ってるかどうかは問題じゃない。すべて成果だ」

「あなた、会社でも部下にそんなこと言ってるの？」

「ああ、言うさ。業績がすべてだろう。違うか？」

「そんな上司、慕われないわよ」

「仲よし集団なんて望んでいない。利益を出すためにやってるんだ」

夫婦の言い合いを目の当たりにして、わたしは自分の心臓の鼓動が早鐘を打っているのがわかった。からだは完全に固まってしまった。怜くんも、立ったままうつむいている。

「怜はこんなところで何してる」

苛立ちを募らせた総一朗さんが、その矛先を怜くんに向けた。

彼は答えない。ううん、たぶん答えられないのだ。だって、こんな雰囲気のなか、どんな顔をしてお願いできるというの。

そこへ恵理さんが口を開いた。

「今度の日曜に、明大の文化祭に行くんだって。その報告」

躊躇のない、自然な口ぶりだった。怜くんからは『お願い』『行きたい』だったのが、いま恵理さんは『行く』『報告』と言い換えてくれた。つまり恵理さんは、怜くんの願いを認めてくれているということだ。

そこへ急に怒声が飛んだ。

「こんなときに遊んでる場合か！」

顔を火照らせた総一朗さんが、小さなからだを睨みつける。

「いま一番大事なときだとわからないのか？　そんなのは、受かってからいくらでも行け」

「勉強の息抜きくらいいいでしょう」

恵理さんが反発すると、

「一日つぶすんだぞ。追われる側じゃなくて追う側の人間が手を抜いてどうする」

なんてひどい言い方をするんだろう。つぶすとか手を抜くとか。

怜くんの目に涙が浮かんだ。

「ダメならダメなりにもっと努力しろ！」

総一朗さんが吐き捨てる。

「そんな言い方、しないでください」

そのとき、わたしのなかで何かが弾けた。

気づいたら、いつの間にか言葉が口をついて出ていた。

「これから将来に向けて歩んでいこうというときに、そこがどんな学びの場なのか知っておきたいじゃないですか。場の魅力というものを肌で感じることも大切だと思います」

声を震わせながら必死で絞り出した。

わたしが急に口を開いたせいか、恵理さんと怜くんは啞然としてこちらを見ている。

「それで、夢や目標が見えてくることだっ――」

「くだらん！」

言いかけたところを総一朗さんに遮られた。

「受験まで時間がないんだ。夢とかぬるいことを言うな」

ぬるいって……。

なんなの、それ。そんなの、おかしいでしょ。

「お言葉ですが、夢や目標を持つことは、自分に期待することなんじゃないですか？

自分に期待して、自分を信じて臨むのが受験なんじゃないですか？」

「結果を出してから言え」

もう！

「その前にっ!!」

総一朗さんの声をかき消すほどの大きな声……いや、叫びが響いた。

「『ダメなりに』なんて言葉、撤回してください！」

まるで自分の声じゃないみたいだ。

「親が子どもの自己肯定感を認めてあげなかったら、子どもはいつまでも夢なんて持てません。否定しておきながら『勉強しろ』とか『合格しろ』だなんて、そんなの矛盾してませんか！　我慢を強要して勉強だけさせて、怜くんを抑圧するのは止めてください。どうか！　親なら子どもの味方でいてください！」

リビングが静まり返った。

こぶしの内にはじっとりと汗をかき、足の震えはいまだに収まらない。激しく肩で呼吸する。こんなに一息に思いを吐き出したのは、いつ以来だろう。

ううん。たぶん、初めてだ。人生で初めて言いきった。

それなのに……目の前の総一朗さんは、苦々しい顔で沈黙してから、

「今日で、家庭教師の契約は解除する。帰れ」

そう静かに通告した。

低い声に、怒気と殺気が入り混じっていた。

わたしの目の前が暗くなりかけた、そのとき。

「先生は悪くない！　僕のせいなんだ！」

今度は怜くんが叫んだ。

そして彼は胸を押さえると、急にゼーゼーと苦しみながら、その場に膝をついた。

「え、ちょっと？　怜！」

驚いた恵理さんがすぐさま怜くんに駆け寄った。

4

部屋で怜くんを寝かしつけたあと。

ダイニングテーブルに戻った恵理さんが、わたしに怜くんの過去を打ち明けてくれた。

リビングの総一朗さんは、こちらに背を向けたままソファにもたれている。

「怜は小児気管支喘息で、二歳頃、とくにひどい発作があったの」

意外な告白だった。

喘息だなんて、サッカーに打ち込んできた彼からはまったく想像がつかない。

「激しい咳とか、嘔吐とか、ときどき呼吸困難もあって。食べられなかったり、眠れなかったりして、見てるこっちまでつらくなるほど苦しんで……」

恵理さんは一つひとつの記憶を、その手でゆっくり手繰るように話した。

「一般的には長く続くみたいなんだけど……。でも、幸い怜は二年ほどで治まったの。それからしばらくは、再発するんじゃないかってことばかり心配してたのに。小学校に上がってからかな。怜がサッカーをしたいって言って。そんな激しいスポーツやらせて大丈夫なのかとも思ったけど。お医者さんに相談したら問題ないっていうから、思い切ってやらせてみたの。そうしたら、ボールを追いかけるのが楽しかったみたいで、思った以上に活発な子になってね。チームではレギュラーにも選ばれて」

恵理さんの目尻に皺が刻まれた。

きっと我が子の逞しい成長を思い返して、胸が熱くなったのだろう。

「だんだんとなんでもうまくやれるようになってね。勉強もそう。で、なんか、それが少しずつ当たり前になって」

今度は急に、しおれた花のようにうなだれた。

「いつの間にか……わたしもあのひとも、褒めるよりも望むことばかり増えて、欲張りになっちゃったのかな」

そう言って、恵理さんは、とある器具をテーブルに置いた。

怜くんを寝かしつけたときにリビングへ持ってきて、話している最中もずっと握りしめていたのだろうか。その表面は汗で濡れていた。

それは、ハンディタイプの家庭用吸入器だった。

なんでも、総一朗さんが怜くんの机の引き出しから公開模試の成績個票を見つけた日に、引き出しのさらに奥のほうにしまってあったのを恵理さんが見つけたのだという。

「怜ったら、なんでこんなものを取っておいたんだろ。ずっと前に、捨てたと思ってたのに」

恵理さんが不思議そうに吸入器を見つめる。

もちろん、真意は本人に聞かなければわからないけど。もしかしたら、それを見ると、苦しむ自分を懸命に看てくれた両親の姿が思い出せたのかも。

総一朗さんは、恵理さんの話を最後まで黙って聞いていた。こちらを振り返ることもなかったから、どんな表情でいたのかは見えなかった。

すると、そんな総一朗さんの背中に、恵理さんが聞いた。

「ねえ。明大の文化祭、行かせてもいい？」

その問いかけに総一朗さんは、

「好きにすればいい」

と答えて自室に引き上げていった。

カラフルに彩られた大きなアーチをくぐると、そこは活気であふれていた。

校舎の壁には大きな垂れ幕。スローガンだろうか、幕には『Only Time ～ともに過ごした時間だけが思い出させてくれる～』と書かれている。

いたるところにいろんなサークルの露店が並び、お客さんたちが群がっていた。キャンパスにはコスプレイヤーや大道芸をするひとたちの姿も。

また、いたるところで演奏するバンドもあって、目も耳も楽しませてくれる。

「わー、すごーい！」

ひなたちゃんが感嘆の声を上げるなり、駆け出した。

「おーい、はぐれて迷子になっても知らないよー」

「怜と一緒にしないでよね。わたしは大人だから大丈夫ー」

ひなたちゃんは怜くんにベーッと舌を出すと、そのまま露店のひとだかりに消えていった。

「かわいくないな、こっちは心配してやってるのに」

怜くんが呆れるように言って、わたしを見上げる。

「ひなたちゃん、楽しくてしかたないんだよ」

おてんば女子といえば、昔の紗雪だ。彼女と一緒に遊びに行くと、いつもわたしを置いて勝手にどこかへ消えてしまった。やっぱりひなたちゃんは〝リトル紗雪〟だ。

お互い大変だね、と思いながら怜くんに苦笑いを返した。

ここは明応大学の文化祭。

てっきり怜くんは、ひなたちゃんとふたりで行くものだと思っていた。それなのに、『やっぱり、なんか気まずいから』と、直前になってわたしにも同行するよう頼んできたのだ。実をいうとそのさらに前に、ひなたちゃんからも同じように『結衣先生もお願い』と請われていた。

思春期の子たちの感情はよくわからない。でも、まあ、ふたりがそれでいいならいいかと思って承諾した。

東大在学中にも文化祭はあった。しかも、春と秋の二回も。『進振り』――進学振り分けという進学選択制度によって学部が決まる前の二年間は、わたしもフリーペーパーの制作メンバーと一緒にパネル展を手伝ったことがある。

でも、もう五年も前のことだから、こういう雰囲気は本当に懐かしい。

「あれ、おっきいね！　どうやって作ったんだろう」

背後から声がした。

そうだ。忘れちゃいけない、今日はもうひとり連れてきていた。

さっきまで周りを物珍しそうにキョロキョロと見回していたカケルくんが、中庭に建てられた巨大オブジェに向かって駆け出していく。

なんでも昨日になって、『ノーツ』のコミュニティサイト、『ほほっク』のチャットで、ひなたちゃんと怜くんから同時に誘われたのだと言っていた。母親の麻耶さんも快く了承してくれたという。ひなたちゃんは美咲ちゃんにも声をかけたみたいだけど、ちょうど難関中向けの模試と重なって、残念ながら彼女は来られなかった。

そういうわけで、今回は付き添い役のわたしを含めて四人でやってきた。

ひなたちゃんがひとしきり露店を回ったあと、今度は四人で一緒に学内を巡っていく。

教室ごとに、いろんなサークルや同好会が催しを開いていた。

絵本クラブが作成した手作り絵本、映画研究会の作品上映会、ギターサークルのアコースティックライブ、カメラクラブのパネル展、広告研究部の明応大アピール広告展、書道研究部の展示、情報処理研究会のデジタルコンテンツ上映、文芸サークルの文芸誌即売会、文化祭実行委員による受験生向け相談所など、なんと六十以上もの出展があった。

カケルくんがとくに興味を示したのは戦国研究会の展示だ。

さまざまな武将の戦略・戦法・戦術を分析しつつ、もしもこんな戦略で戦ったのなら、いま歴史は変わっていたかも？なんていう考察まである。カケルくんはその展示を、「へえー！」「わー！」「すごーい」と興奮しながら、食い入るように見つめていた。

一方のひなたちゃんは、K‐POPサークルやダンスサークルに興味を示しつつも、何か別にお目当ての展示があるらしく、ソワソワと辺りを見回していた。

何を探しているんだろう？と彼女の背中についていくと、ようやくその会場を見つけたらしく、ひなたちゃんは目を輝かせながら教室へと入っていった。

そこは意外にも、かなり渋いテーマの展示ブースだった。

『メディアと社会貢献』。

パネル展示による研究発表で、地味な印象だ。

「えっ、ひなたちゃん、これが見たかったの？」

「うん！」

彼女はハイテンションで声を弾ませた。

パネルには現代社会の課題に対する向き合い方や、学びと実践を仲介するメディアの在り方、わたしたちがこれから目指すべきことなどが記されている。そして後半には、世界の子どもたちの現状と、彼らを救うためのさまざまな取り組みも。

ん？　これって……。

とあるひっかかりを覚えたため、もう一度くまなく見ていく。すると、全体的にとても時間をかけて真摯に取り組んだ内容だった。まあ、小学生のひなたちゃんには文体も内容も難しそうだけど。でも、じっくり読めば読むほど気づきのある、興味深い文章だ。

そして、そんな展示の最後のコーナーに、ひなたちゃんの目は釘付けになった。

そこには、ノートを開いたくらいの大きさの、クレヨンで描かれた似顔絵が飾られていた。

「結衣先生、見て」

ひとしきり食い入るように見てから、ひなたちゃんがわたしを振り返る。

なんだろう。

近づいて見てみると、イラストには子どもたちの顔。

あ、そういうことか。

「気づいた?」と聞くひなたちゃんに、「あの本の?」と問い返す。すると「そうだよ」と彼女が笑った。

『あの本』というのは、ラジオでシオンくんが紹介してくれた、世界の子どもたちの暮らしを写真で追った本のことだ。そこに掲載されていたなかでも、とくに印象的だった子どもたちの笑顔を、クレヨンで模写したのだろう。

さらに、似顔絵の脇には、鉛筆で小さくメッセージが。

【知ろうとしなければ、何も知らないまま。
知ろうとしなければ、何もしないまま。何も変わらないまま。
だから、僕はもっと知りたい。学びたい。】

「これって……」

シオンくんが雑誌で語っていたメッセージと一緒。しかもこの字、シオンくんがサインに書き添えていたひと言メッセージと同じ字体だ。

「シオンくん！」

思わず叫んでしまった。

「ちょっと、先生」

隣にいた怜くんが「シーッ」と口の前で指を立てた。

振り返ると室内でほかの展示を見ていた一般の方たちが、一斉にわたしに注目していた。

ヤダ、わたしったら……。急に顔が火照った。

「すごくない？」

そこへ小声のひなたちゃんが顔を寄せてきた。

「すごい、すごい」

わたしも小声で返し、小さく飛び跳ねた。

まさかのシオンくん、それも直筆。わわわわわ、紗雪にも見せてあげたい。彼女ならわたし以上に叫ぶかも。ただ、周囲の様子を見るかぎり、これに気づいているひとはほかにいないようだった。

それにしても、超多忙なはずの芸能活動の間に、こんなちゃんとした展示を準備するなんて。シオンくんの思いを全部受け止めようと、ひなたちゃんとわたしは時間も忘れて展示パネルに見入った。

「やっぱりシオンくんってすごいよねー。わたしも将来は、世のなかの課題と向き合いたいな。で、その解決に向けて発信できて、ひとの役に立てるひとになりたい」

ひなたちゃんがパネルを見ながら打ち明けた。

「あれ？　ひなたの夢って、ＺＺＺのスタッフじゃなかった？」

怜くんが聞くと、

「それは昨日までの夢。今日からは新しい夢の始まり」

ひなたちゃんが白い歯を見せた。

「へえー」

怜くんも共感したのか、茶化すことなく笑顔で応じる。

ふたりのやりとりを黙って聞いていたわたしも、胸がいっぱいになった。ＺＺＺの一ファンの願望から、シオンくんの志に導かれるように、ひなたちゃんの輝きが増した。

「ねえ、ねえ、さっきあっちのお店ですごくおいしそうなクレープ売ってたよ。食べに行かない？」

おなかを空かせたカケルくんが呑気に提案すると、ひなたちゃんが「そうだねー」と応じた。

「わたしたちも行こうか」

教室を出ていく彼らについていこうと、怜くんに呼びかけたとき、

「一緒に来られてよかった」

怜くんは、ひなたちゃんとカケルくんの背中を見つめて呟いた。

あの子たちはきっと、怜くんにとって最高の同志なんだろう。ここへ来てたくさんのエネルギーをもらったに違いない。それはカケルくんやひなたちゃんだって同じだ。みんな、たくさんのサークルの発表から、大学がいかに自由で楽しそうな学びの場であるか、肌で感じられたと思う。

中学受験において、秋は一番焦りやすいし、逆に無気力にも陥りやすい。

そんなとき、家族が、先生が、友達が味方になってくれれば、もう一度頑張ってみようと立ち上がることができる。

「ねえ、先生。『アディショナルタイム』ってなんのことだったか覚えてる？」

怜くんがわたしに聞いた。

「試合が中断されたぶん、延長する時間でしょ」

以前、怜くんからはたびたびサッカー用語を教えてもらっていた。スポーツ全般に疎いわたしはあまりの無知を何度も呆れられたけど、さすがにもう覚えた。

「先生、やるじゃん」

すると彼が、キリッとした表情をした。

「いろいろあったけど、ここからの受験勉強はアディショナルタイムのつもりで頑張る。そのほうが燃えるから」

「そうだね」

わたしも大きく頷いた。
うん。この子はもう大丈夫。
怜くん、すごくいい顔してるよ。

みんなキラキラしていた。
目標に向かって突き進んでいく横顔や後ろ姿が、まぶしくてたまらない。
ただ……受験の難しさを本当に痛感した子は、ほかにいた。
まさか、と思う子だった。

冬／重圧

Lesson4　及川家の場合

1

シバリング。

芝の輪？　ロープが張られた芝生のリング？　縛る輪っか？

初めて聞いたときはそんな言葉を連想してしまった。

なんでも、寒さでからだや歯が震える体温調整行動のことなんだとか。

都会はもっと暖かいと思ってたけど、全然そんなことない。最近は急に冷え込んできて、朝、布団を出るといつもシバリングしている。

そんな年末。

先日、いつも観ている情報番組で、現おひさまガールの卒業発表があり、同時に次期おひさまガール候補生たちの視聴者投票開催が発表された。

これまで三人のおひさまガールが毎朝奮闘しながら素敵な笑顔を見せてくれた。今度の候補生は現中学一、二年生の八人。一か月ほどの間、いろんなミッションに挑戦し、その都度視聴者投票がある。そしてもっとも票数の多かった三人が、新おひさまガールに選ばれるのだ。

ひなたちゃんも、中学生になったら挑戦してみたいと言っていた。書類審査や面接もあるから、なかなか大変らしいけど。ちなみに候補生に選ばれたら、今度は視聴者投票だ。多感な年ごろの女の子たちが世のなかの目を気にしながら笑顔を振りまく姿は、ある意味過酷な気もする。

受験と一緒で、選ばれる子がいれば選ばれない子もいるわけで。

受験。

そうなんだ。いよいよそのときが、迫ってきた。

十二歳の挑戦が。

この正月は、実家に帰るのをやめた。

二月一日から始まる本命の前に、まず首都圏の一月入試を受験する子たちが多いからだ。わたしの受け持つ生徒では、怜くんが埼玉の中学を受ける。そこの出題内容は怜くんの目指している東郷中学と似ていて、かつ、確実な合格が見込めるレベルだ。入試本番のシミュレーションをしつつ、本命の前に合格を経験することでメンタルを安定させる意味もある。他にも『ノーツ』に在籍する一月受験者たちのため、わたしたち家庭教師陣は総がかりで激励や当日の応援、合否結果聞き取りの態勢を整えていく。

それでも、元日だけは神社へ参拝しに行った。

ひんやりとした空気に、吐き出す息の白さが際立った。

早朝だからか、まだひとの姿はまばら。手水舎(ちょうずや)で手と口を清めてから、ゆっくりと参道の端を進んでいく。途中、線香や甘酒の香りが漂っていた。

長い石段の先に境内が見えた。

賽銭箱の前に立つと、お賽銭を入れる。丁寧に二回お辞儀。胸の前で両手を合わせ、二回打ってから、心で願った。

カケルくん、ひなたちゃん、怜くん、美咲ちゃん。

みんなが力を出し切れますように。

それから授与所で四人分のお守りを買った。わたしからの気持ちも込めた、合格祈願。次回の授業でそれぞれに渡すつもりだ。

しばらく辺りの景色を楽しみながらブラブラしたあと、石段を下り始めたとき。

視線の先に、知っている家族が見えた。

わたしが担当する生徒、及川美咲（おいかわみさき）ちゃんのご両親と、美咲ちゃんの弟の慧（けい）くんだった。

「あら、篠宮先生」

先に声をかけてくれたのは、母親の遥（はるか）さんだ。

「及川さん！　いつもお世話になります」

同じ石段まで下り、お辞儀して新年の挨拶を交わした。

「あけましておめでとうございます。今年もよろしくお願いします」

「あの子がここまで頑張ってこられたのも先生のおかげです。本当にありがとうございます」

遥さんはいつも物腰がやわらかく、言葉遣いも丁寧だ。髪も服装も常にきちんとしている。美咲ちゃんの指導については、わたしのことを全面的に信頼してくれていた。それでいて、生活面では美咲ちゃんのことを考えて食事のメニューも工夫してくれているのだと、美咲ちゃんもそんなお母さんに感謝していた。

「美咲は先生のことが大好きで。『結衣先生がこんなことを教えてくれたんだ』って、毎回うれしそうに話してくれるんです。ありがとうございます」

そう言って美咲ちゃんのお父さんまで深々とお辞儀してくれた。

「いえ、そんな、こちらこそありがとうございます」

わたしもまた、お辞儀を返す。

こんなご両親に育てられたからこそ、美咲ちゃんも素直な子に成長したのだろう。

「ゆいセンセー、あけましておめでとう」

遥さんと手をつなぐ慧くんも挨拶してくれた。

その場でしゃがみ、目線を合わせる。

「あけましておめでとう。今年もよろしくね」

小学二年生の慧くんは、頬がぷっくらしていてとてもかわいい。美咲ちゃんの授業の休憩時間なんかには、よく一緒におしゃべりもする間柄だ。

ある日、消しゴムを鼻に当ててクンクンと嗅ぎ続けていた慧くんに『どうしたの？』と尋ねたら、『おなかすいたから、カレーのにおい、かいでるの』と答えたり。

気に入った言葉を覚えると、それをひたすら繰り返し口にしたりもする。先日は、ずっと『ババチョップ！』と叫んでいた。あと、マイルールを作ってひとり遊びすることも多い。たとえば廊下の床の、端の板だけに乗るゲームとか。ひとりで謎の敵と戦っていることもあるし、電池が切れたように急に寝てしまうことも。

　見ていて本当に面白い子だ。美咲ちゃんもそんな慧くんが大好きみたいで、遥さんが家事をしているときには、よく慧くんの身の回りの世話をしたり、遊び相手になってあげたりしていた。

「美咲ちゃんは、今日はおうちで勉強ですか？」

　姿を見かけなかったので伺ったところ、

「あ、いえ、あちらに」

　遥さんが振り返って石段の下のほうを見た。

　わたしも示されたほうを振り向くと、おばあちゃんの腕を支え、足元を確認しながらゆっくりと歩調を合わせる美咲ちゃんが見えた。

　彼女は色白で、スラリと背が高く、髪はショート。小学校では毎年学級委員を務め、この夏まではミニバスケットボールチームのキャプテンもしていた。

「おばあちゃんが、どうしてもこの神社をお参りしたいって言い出しまして。ここは石段が多いから大変じゃないかと思ったんですけど。そうしたら美咲が、『おばあちゃん、わたしがついてるから大丈夫だよ』って、自分から付き添ってくれたんです」

　遥さんが石段を上ってくる美咲ちゃんを見て、目を細めた。

　小学五年生の春から担当する彼女のことは、もう十分にわかっているつもりだ。美咲ちゃんは本当に家族思いで優しい子だ。遥さんの家事もよく手伝っているし、お父さんのことも慕っている。

　そして勉強に対しては、真面目で、一生懸命。どんな課題にも貪欲に挑戦する。自分で言うのもなんだけど、彼女を見ていると、わたしの小学生時代に似ている気がした。

　とくに、時間を忘れて没頭できるところとか、勉強そのものを楽しいと思えるところも。

　まあ、わたしはスポーツのほうはからっきしダメだったけど……。

　しばらくして、美咲ちゃんとおばあちゃんが、わたしたちの待つ石段までやってきた。

「結衣先生、どうして!?」

　わたしの顔を見るなり美咲ちゃんが驚いた。

「いま、お参りしてきたところなの。偶然、バッタリだね」

「元旦から結衣先生に会えるなんて、縁起がいいなー」

　そんな……わたしを福の神みたいに。無邪気に喜ぶ彼女を見て恐縮してしまう。

「あ、そういえば。美咲ちゃん、これ」

わたしはバッグから、先ほど買ったお守りのひとつを取り出して美咲ちゃんに渡した。

「わー、結衣先生、ありがとう！」

受け取った彼女は、また満面の笑みを見せた。

「先生、ありがとうございます」

遥さんと美咲ちゃんのお父さんも、同時に頭を下げる。そんな、ご家族みなさんに感謝されるなんて。

「ゆいセンセー、ケイくんもほしいー」

慧くんがわたしを見上げて両手を差し出した。

「ああ、ごめんね。これはお姉ちゃんが合格できますようにっていうお守りなの。慧くんにはまた今度、別のものをあげるから」

「ホントー？」

「うん、約束」

「あ、いえ、そんなの先生に申し訳ないですよ」と遥さんが慌てて手を振った。

するると美咲ちゃんが、「慧にはお姉ちゃんがあとで好きなもの買ってあげるよ。何がいいかなー？」と問いかける。すぐに「いちごあめー」と答える慧くん。なんだか微笑ましいやりとりだった。

美咲ちゃんに向き直ると、「受験、頑張ろうね」とあらためて声をかけた。

彼女は大きく頷き、

「わたし、絶対『廉廉（れんれん）』に行く」

力強い宣言が返ってきた。

さらに「美咲ちゃんをお願いします」と、隣のおばあちゃんがわたしの手を取った。

「はい、しっかりサポートしていきます」

今度はおばあちゃんにまで頭を下げられてしまった。

いつもは美咲ちゃんの授業が中心で、お父さんやおばあちゃんと話すことは少なかったけど、こうして顔を合わせて挨拶を交わすだけでも、ご家族の美咲ちゃんへの深い愛情がひしひしと伝わってくる。その気持ちを受け止めることで、ますます身が引き締まった。


そうして迎えた、担当する各ご家庭との打ち合わせ。

一月十日からの出願に向けて、最終的な受験校と今後の流れを確認していくのだ。

まずは桐山カケルくん。

彼は秋に行った文化祭の展示パネルを見て、ある決意をしたという。

「あの子、思考力特待入試に挑戦してみたいんだって」

カケルくんの授業日に、麻耶さんから相談を受けた。

これまで公立の中高一貫校を見据えていたので、その形式を希望するのは意外だった。

それは有光中学校という都内の私立中高一貫校で実施される。

自分で問題を設定して、そこに仮説や考察を加える、かなり珍しい入試だ。同時に、例年倍率は三倍以上。狭き門でもある。

「この入試での合格可能性は未知数です」

わたしは麻耶さんに、正直に伝えた。

たしかに、公立と比べて一般入試の難易度は下がる。それに、同じ中学の二日や三日の四科目受験もするということなので、挑戦したい気持ちはわかる。ただ、それでも……思考力特待入試を二月一日の午前に本命として受けようというのは、やはりリスクがあった。この手の問題は、なかなか過去問演習だけで確実にカバーできるというものではない。ある意味、才能に左右される。

「でも、カケルがどうしても挑戦したいっていうから、わたしも応援したいの。それに、入試の内容だけじゃなくて、この中学には面白い授業があってね。自分で考えたテーマを一年かけて調べたりまとめたりするんだって。カケルはそういう授業が受けたいみたい」

その言葉に、わたしは胸が熱くなった。

かつてのカケルくんには、目標も志望校もなかった。なんでも麻耶さんがお膳立てして、カケルくんはただ言われるがまま。全部受け身だった。

それが、変わったのだ。いまやカケルくんは、学ぶ喜びに目覚め、自ら進みたい道を見つけた。見つけただけじゃない。ちゃんとその思いを麻耶さんに伝えたんだから。

それに、変わったのは麻耶さんもだ。

自分の希望とか願望よりも、ちゃんとカケルくんの声に耳を傾けている。カケルくんが行きたい学校、カケルくんがやりたいことを尊重し、実現に向けたサポートをしてくれている。それが何よりうれしかった。

「わかりました。わたしもしっかり後押しします」

ここから一か月弱。あとはもう、やれることをやりきるだけだ。

次は、羽住ひなたちゃん。

彼女は秋以降、成績も持ち直して安定している。気力十分だった。

目指すは『明七』。うれしいのは、彼女が新聞をよく読むようになったこと。授業の前後の時間なんかに、自分が疑問に思うことをわたしに聞いてくれた。しかも、ただ聞くだけじゃなくて、図書館で調べたり、自分なりの考えをまとめてきたりすることも増えた。シオンくんから刺激を受けて、ひなたちゃんも本当に変わってきたと思う。

それに、澤村怜くんも。

喘息を引き起こして倒れたときにはずいぶん心配したけれど。あれ以来再発はしていないようで、体調も安定している。父親の総一朗さんは、最近、めったに口を出さなくなったという。怜くんは、何より気持ちが落ち着いてきた。この様子だったら、まもなく入試となる埼玉の一月受験も大丈夫なはず。

三人とも順調に、受験に向けた準備ができている。

ただ、気になる生徒はほかにいた。

その子のことを初めに心配したのはひなたちゃんだった。

『美咲、最近全然『ほほっク』で見ないんだ。おひさまガールの候補生のこととか、チャットで話すの、楽しみにしてるんだけどなー』

『ほほっク』とは、家庭教師『ノーツ』に在籍する生徒・保護者と家庭教師陣のコミュニティサイトだ。生徒たちにとって、勉強の合間の憩いの場であり、情報共有の場にもなっている。

『美咲って、意志が強いし、すごくしっかりしてるから、話してるとこっちのやる気も出るんだ。入試が近いからたまにはやりとりしたいんだけど、まあ、しょうがないか。志望校、超難関だしね。僕だって『廉廉』目指してたら、一秒だって惜しく感じると思う』

怜くんはそう美咲ちゃんの心情を思いやった。

『チャットでしかあまり話したことないけど。僕、いままで美咲ちゃんからいっぱい励まされたんだよ』

これはカケルくんの弁。

まさか、美咲ちゃんとカケルくんにそんなつながりがあるなんて。

彼女はわたしの知らないところでも、みんなにいっぱい勇気を与えてくれていたんだ。

そして、そんな美咲ちゃんの、年明け最初の授業。

「この、廉太くんと教子さんの会話は、頭で組み立てようとすると混乱しちゃうから、樹形図で確認するの。数字が入る解答欄がどの部分を指してるか、一つひとつ確認してけば大丈夫」

解いていたのは『廉廉』の過去問にある、六点式点字を使った確率の問題だ。

問題用紙二ページにわたる四十行以上の会話。そこで数字とひらがなの組み合わせを問われるため、なかなか難易度は高い。

「そうか、ここに注目すればもっと速く解けるんだ」

美咲ちゃんは納得して、まとめ直し専用のノートにポイントを書き込んだ。

「うん。確率の問題はこれで大丈夫だね」

彼女はもともと、この問題に自力で正解している。でも、一題を解くのに時間がかかりすぎていて、これでは本番で見直しの時間がとれないと焦っていた。ただ、わたしが見るかぎり、彼女の解答ペースはけっして悪くない。そもそも『廉廉』レベルの受験で見直し時間を十分にとれる受験生がどれほどいるだろうか。

わたしの「大丈夫だね」に、美咲ちゃんは答えなかった。

こういうことは、秋頃からよくあった。聞こえていないわけじゃない。わたしは彼女に自信を持ってもらいたくて、それで励ましているんだけど、たぶん彼女は、自分を安心させたくないのだろう。

「前の公開模試、算数は後半の正答率が下がってたから。もっと速く解きたいの」

美咲ちゃんはすがるような目でわたしを見た。

「うん、まだ一か月あるし。できるよ、美咲ちゃんなら」

「頑張る」

自分を奮い立たせるように、彼女は再び問題に向かった。

美咲ちゃんの『廉廉』にかける思いは、並大抵ではない。

以前、志望理由を熱く語ってくれたことがあった。なんでも、校則が明文化されていない高い倫理観に惹かれたのだという。説明会や学校見学にも熱心に足を運び、中学や高校の先生にもたくさん質問してきたらしい。わたしもいろいろと調べてみたが、『廉廉』は中学のカリキュラムにも大学で学んでいるような自由と深みがあった。自分でテーマを立てて書く一万字論文。下地となる教養を身に付けられるよう、教員からマンツーマンで直接アドバイスを受ける制度もある。美咲ちゃんにはそういった教育方針がとても魅力的に映ったようだ。

もちろん、学力面では首都圏受験の共学校でトップレベルの学校だから、相当の実力が必要になるけど。

ただ、そうはいっても……。

「あ、こんなとこで間違っちゃった！」

自分のミスに、彼女は顔をしかめて悔しがった。

「美咲ちゃん、この問題はしょうがないよ。ほかの受験生だってなかなか解けないはずだから」

「でも……」

いくら受験が近いとはいえ……一点のミスに、あまりにも敏感になっているのが気になった。

2

美咲ちゃんは、理解力があるし、精神的な成熟度も高い。

一方で、少し神経質で頑張り過ぎなところもあった。

実は母親の遥さんからも、彼女のことで相談を受けていた。

「先生、やっぱりあの子には、一月校を受けるようにもっと強く勧めたほうがよかったんですかね」

怜くんのように、埼玉や千葉で行われる一月実施の入試を受ける生徒は多い。お試し受験として、二月の本番に向けたコンディション調整になるからだ。

十二月一日からの出願期間を前にしたとき、わたしも美咲ちゃんには勧めていた。たくさん受ければいいというものでもないけど、『廉廉』レベルを受けるんだったら、やっぱりシミュレーションはしておいたほうがよかった。本命ではない『前受け』受験にだって、本番ならではの緊張やプレッシャーはあるはずだから。そういう経験が大切だった。

でも、美咲ちゃんは首を縦に振らなかった。

『受かっても行く気がない学校は、練習だからって受けたくない。それに、目移りすることはなくても、そこに受かって気が緩んだらイヤだし』

美咲ちゃんにかぎって気が緩むなんてこと、きっとないはずなのに。

『わたしは「廉廉」だけに集中したいの。行きたいのは「廉廉」だから』

それで結局、同じ二月一日に午後受験で併願できる上國料（かみこくりょう）中学さえも、受けないことにしたのだ。せめてそこは滑り止めにしようと勧めたものの、美咲ちゃんは頑なだった。

二月一日と二日、ともに『廉廉』だけ。

七緒さんにも、『いくら模試の判定がよくたって受験は水物なんだから。そんなに無茶させないで』と言われていたが、美咲ちゃんの気持ちを変えることはできなかった。

そんな受験校の心配もそうだけど、遥さんの懸念はほかにもあった。

「最近、ずっと勉強してるんです。土日はそれこそ一日中。わたしより早く起きて、いつの間にか机に向かってて。深夜までやってるんです。いくら受験直前だからって、さすがにそこまで必要なんでしょうか」

遥さんは美咲ちゃんにどう声をかけていいのかわからないという。

「それに、近頃は食が細くなって、前よりあまり食べなくなって……」

メンタルが不調になったときのシグナルは、食事と睡眠に出やすいと七緒さんが話していた。受験生といっても、十二歳。ストレス耐性が弱いうちに大海原へ出ていくのは、高校受験や大学受験とは比べ物にならないほど負荷がかかる。相当に過酷なことだろう。

そして、遥さんからはもうひとつ。

「なのに、家事や掃除の手伝いはいまだにしてくれるんです。『もう受験も近いから、気持ちだけでいいよ』って伝えるんですけど……慧の面倒まで見てくれて。ただ、なんだか笑顔が減ってきたというか、ふとしたときに虚ろな表情をしたり、泣きそうな顔してたり。それでいて泣きはしないんです。感情を爆発させるわけでもなくて。いつもこらえているような」

聞けば聞くほど心配になる。

美咲ちゃんは、わたしにいろんなことを聞いてきた。問題の解法だけでなく、どんな勉強をどれだけやるべきか。いつまでに、どんな方法で、と。

ただ、そんなときにはこう答えた。

「美咲ちゃん。何をやるかよりも……いまは、何をやらないか決めていこう」

やったほうがいいかと聞かれれば、それはもちろんやったほうがいい問題ばかりだろう。でも、入試までの時間は限られる。優先順位をつけながら、効果的なものから取り組み、あとはどこかで区切りをつけるべきだ。

「美咲ちゃんには『廉廉』に受かる力がある。これまで十分に頑張ってきたんだから」

そう励ますも、彼女の顔は曇ったままだった。

「結衣先生はすごいよね。中学も高校も、公立なんでしょ。それで東大に受かるなんて」

「小学生のときにわたしがしてたことよりも、いまの美咲ちゃんのほうがレベルの高い勉強してると思うよ」

それは本心だった。あの頃のわたしはまだ、美咲ちゃんが解いているような難問を解いたことがなかった。土台となる知識を固めたあとで臨む大学受験と、初めて知る考え方を定着させながら発展レベルにまで引き上げなければいけない中学受験では、後者のほうが格段に難しい。

それなのに美咲ちゃんは、わたしのことをすごいと言いつつ、自分はわたしのようになれないかもと考えているようだった。そんなことないし、なんなら彼女のほうが、わたしなんかよりもずっとポテンシャルが高いのに。

いくら励ましても、それがなかなか伝わらない。

そこで、美咲ちゃんにもっと気分転換をしてほしくて、授業の合間の休憩中に『おひさまガール』の話題を振ってみた。

「美咲ちゃんは候補生のなかでどの子を応援してるの？」

そもそもわたしにあのコーナーを勧めてくれたのは、美咲ちゃんとひなたちゃんだ。それ以来、わたしには毎朝の楽しみになっている。これまでだって、ふたりとはずっと『おひさまガール』の話題で盛り上がってきた。

しかし、美咲ちゃんは首を横に振った。

「うーん……最近はあんまり観てないの」

「朝も勉強？」

「勉強もあるけど……」

そうなの、と答えてくれれば納得できたが、彼女はなぜか歯切れが悪い。

「そっか、ひなたちゃんも美咲ちゃんと話したいなって言ってたけど……受験前だし、しょうがないよね。ごめんね」

ただ軽い話でリラックスしてほしかっただけだったのに、なんか変な空気になってしまったので、もうこの話題は引き上げようと思った。

でも、わたしが申し訳なさそうに謝ったからだろうか。美咲ちゃんは意をけっしたように、番組を観なくなった本当の理由を打ち明けてくれた。

「新しいおひさまガールを決めるために、候補生の子たちの投票が始まったでしょ。なんかその頃から、観るの、つらくなっちゃって」

えっ、観るのがつらい……？

「どうして？」

「新メンバー候補生の子たちが紹介された週は観たの。どの子も明るくていい子ばかりだと思ったよ。できたら全員のことを応援したいくらい」

「うん、わたしもみんな好き」

「だからつらいの。次の週に早速視聴者投票があって、途中経過が発表されたでしょ。わたし、上位の子よりも、一番得票数の少ない子ばかりに目が行っちゃって。あの子、カメラの前では必死に笑ってたけど、心ではどんな思いでいるんだろうって」

それを聞いて、すぐに返事ができなかった。

たしかにそうだ。美咲ちゃんほどではないにしろ、わたしも観ていてそう感じることはあった。

「あの子だって、家族が応援してるだろうし、学校の友達だって、候補生になったときにはみんな喜んでくれたと思うの。でも、票数が伸びなかったら、イヤな声だって聞こえてくるかもしれないし……わたしだったら耐えられない」

美咲ちゃんがここまで気持ちを露わにしたのは初めてだった。

「たぶん、わたし、自分の受験と彼女たちを重ねてるんだ」

「どういうこと？」

「『廉廉』受けますって伝えたとき、小学校の先生たち、みんな喜んでくれたの。『美咲ちゃんならきっと行けるよ』って。友達もすごいねって言ってくれた。でも、これでもし落ちたら……」

美咲ちゃんは言葉を詰まらせた。きっとその光景を頭のなかで想像したのだろう。

「ひなたからは、最近『ほほっく』に来ないねーって直接連絡もらってたんだ。それなのに、申し訳ないなって思ってる。『ほほっく』の子たちはみんないい子だから、わたしも話したいんだけど……」

「けど？」

「なんか、気持ちが追いつかなくて」

それから彼女はぽつぽつと、自分の胸の内を話してくれた。

なんでも、美咲ちゃんの小学校のクラスメイトの何人かが、彼女の受験先を詮索したり、悪い噂を流したりしてくるらしく、すごくイヤなのだという。それで、直接関係ないはずの『ほほっク』でも、もし同じようなことがあったらどうしようと不安になってしまい、なかなか参加する気になれないのだそうだ。

「いろんなことを振り切ろうと思って机に向かうんだけど。そうすればするほど、もっと不安が膨らむの」

そういう気持ちは、わたしもかつて抱いたことがある。ただ、わたしの場合は大学受験での話だ。

「周りの子が何を言ってきたって、そんなの気にしなくていいんだよ。これは美咲ちゃんの受験なんだもん」

わたしが励ますと、美咲ちゃんは小さく笑った。

「愚痴ばかりでごめんなさい」

そう言って、すぐにいつもの表情に戻った。

でも……それが逆に心配だった。

だって。

美咲ちゃん、なんだか……聞き分けがよすぎるから。

及川家を出て、目的の駅に続く夜道を歩く。

そのうち、久しぶりにほの暗い過去の記憶を思い出した。

商社に勤めていた頃のわたしは、毎日が苦悩ばかりだった。

──東大出てるからってなんだよ。どうせ文Ⅲだろう。

──そうそう、しかもなんかよくわからない学科で。

──使えねー。

東大卒をネタに、陰口をたたかれた。ときに文Ⅰや理Ⅲと比較されて、なぜか文Ⅲを、わたしの専攻学科を無用の長物だと貶められた。

学生時代、サッカーに明け暮れていたという男性社員からは、

──勉強ばかりで大変だったでしょう。

そう、不幸な人間を見るような目で言われた。

──篠宮さん、頭いいからわかるよね。

そうやって、仕事も教えてもらえない。

でも、そんなとき、わたしは何も言い返せずにいた。

愛想笑いでやり過ごすか、聞こえてないふりして耐えるか、どちらかで。

あの頃のわたしは、叫ぶことも、泣くこともできなかった。

蔑まれる存在となった自分のことが恥ずかしくてたまらなかった。

もう消えてしまいたい──そう思ったこともあった。

駅に近いシンボルロードの街路樹は、イルミネーションで彩られていた。

きれいだな。

このイルミネーションは、クリスマス前から続いている。

そういえば、クリスマスイヴもクリスマスの夜も、授業だった。

それは全然、苦じゃない。だってあの子たち、すごく頑張ってるから。

いい受験にしたいな。

イルミネーションを眺めながら、わたしも頑張らなきゃと思った。


自宅でシャワーを浴びたあと、リビングに戻ると、テーブルの上のスマホが震えていた。

受信画面を開くと、遥さんからだった。

美咲ちゃんが倒れたという。

3

遥さんはただ報告をしてくれただけで、わたしを呼ぼうとしたわけじゃなかった。

でも、美咲ちゃんのことがあまりに心配だったから、再び着替えて及川家に向かった。

わたしが駆けつけたときには、美咲ちゃんのお父さんが彼女を夜間の救急に連れていったあとだった。その間、遥さんは慧くんをお風呂に入れて寝かしつけ、わたしはリビングで待たせてもらった。

「先生もお疲れのところなのに、呼び戻してしまったようで本当に申し訳ありません。なんだか気が動転してしまって。このぶんの費用は必ず払いますので」

そう言って遥さんがお茶を出してくれた。

「いえ、そんな」

わたしが勝手に戻ってきただけだ。こちらも首を横に振って恐縮する。

それにしても。秋には、怜くんが倒れたことがあった。彼はそれからすぐに回復したものの、教え子がふたりも深刻な事態になるなんて……。無茶なカリキュラムだったわけじゃないけど、美咲ちゃんがここまで自分を追い込んでいたことに気づいてあげることができなかった。

時計の針の進む音がやけにうるさい。

それから一時間ほどして、美咲ちゃんのお父さんの車が戻ってきた。

お父さんの背中で眠っていた美咲ちゃんは、そのまま部屋へと運ばれた。倒れた直接の原因は、どうやら貧血だったようで、病院で点滴を打ったという。

美咲ちゃんのお父さんは、明日の朝早く出かけなければならないらしく、わたしに挨拶して寝室へと入っていった。

リビングには遥さんとわたしが残る。

「落ち着いてよかったです」

わたしは安堵のため息をついた。

過労が原因のため、十分な静養さえとれば自然によくなるらしい。

「前にご相談していたように、最近は食が細くなって睡眠も十分にとれてなかったので、それが良くなかったんです。わたしがもっとちゃんとしていれば……」

そう言って遥さんがうなだれた。

「そんなことありません。美咲ちゃんは遥さんにすごく感謝してました。『お母さんがいつも、栄養いっぱいのメニューを作ってくれるんだ』って」

「美咲がそんなことを？」

「ええ、美咲ちゃんはお母さんのこと、大好きですから」

わたしの言葉に遥さんは目尻をぬぐった。

それからしばらくふたりで話し、そろそろ失礼しようかという頃。

帰りがけに美咲ちゃんの様子をひと目見ようと、遥さんの了承を得て彼女の部屋を覗いた。

電気をつけずに、ドアをそっと開く。ベッドの美咲ちゃんは、ぐっすりと眠っているようだった。穏やかな寝顔に、わたしもホッとした。

そのままドアを閉めかけたとき、

「お母さん？」

美咲ちゃんの声がした。

「ごめん、起こしちゃった？」

「え、結衣先生？」

「うん」

廊下の光が部屋に射し込んだせいだろうか。悪いことをしてしまった。

「先生、心配かけてごめんなさい」

美咲ちゃんの声があまりに申し訳なさそうだったので、わたしも慌てた。

彼女が謝ることなんて何もない。だって、ただ一途に頑張っていただけなんだから。それをうまくセーブできなかったのは、コーチ役のわたしに責任がある。

このまま「おやすみ」と声をかけて別れるわけにもいかず、電気はつけずにからだを部屋のなかへ忍び込ませた。ドアは少しだけ開けたままにしておく。

わたしは美咲ちゃんのベッドのかたわらに座った。

「美咲ちゃんは何も悪くないよ。でも、いまは疲れがたまってるみたいだから、ゆっくり休もう。焦る気持ちもわかるけど、美咲ちゃんは大丈夫だよ。いままで精いっぱい取り組んできたんだし」

かけた言葉に偽りはない。彼女ほど努力している子は見たことがないもの。

「先生、ありがと」

美咲ちゃんが呟いた。

わたしにできることは、教えることと励ますことだけ。

ちっぽけな言葉でも、心を込めて伝えるんだ。そして、苦しんでいたわたしに七緒さんや紗雪が手を差しのべてくれたように、今度はわたしがこの子に寄り添うんだ。

そう心に誓ったとき、

「わたしね……、ずっと怖かったの」

美咲ちゃんの口から思いがこぼれた。

廊下からはかすかな光が射し込むだけで、彼女の表情ははっきりとわからない。ただ、ちゃんと聞かなければと思い、枕元に顔を寄せる。美咲ちゃんも、布団のなかでからだを傾けてこちらを向いた。

「怖くてしかたなかったんだ。もしも、落ちたらどうしようって。目を閉じるとそればかり考えちゃうの。そんなんじゃダメだってわかってるのに……。わかってても、どうしようもなくて」

つらい気持ちをこらえて笑顔でごまかすような、小さくか細い声だった。

「もちろん、いつも結衣先生にはいっぱい勇気をもらってるよ。先生がいなかったら、受験するの、絶対途中で諦めてたと思うし」

彼女のそんな思いを聞くのは初めてだった。

「お父さんやお母さんだって……」

そこで、何か込み上げてくるものがあったのか、美咲ちゃんはギュッと下唇をかんだ。

　わたしはただ彼女の言葉を待った。いまは声をかけるよりも、ただ彼女の思いを受け止めてあげるべきだと思ったのだ。

　しばらくして、美咲ちゃんが再び口を開いた。

「お母さんってね、買い物に行くといつもスーパーで特売品をチェックしてるの。それに、わたしにはかわいい服を買ってくれるんだけど、自分の服とか化粧品は全然買わなくて」

　急にどうしたんだろう。

　最初は美咲ちゃんが何を言いたいのか、よくわからなかった。

「お父さんは仕事ですごく疲れてるはずなのに、休みの日には何度も『廉廉』に連れてってくれたんだよ。『美咲が通いたいと思う学校だったら、ちゃんと知っておいたほうがいいよ』って言って」

　でも、途中で気づいた。

　ああ、そういうことか。

「それにおばあちゃんだって。若い頃から必死に働いて貯めてきたお金とか、大事な年金とか。わたしが合格したら、おばあちゃんがそういうお金で学費を払ってくれるって言うの。『おばあちゃんはいますごく幸せだから、自分で叶えたい願い事はないの。だから美咲ちゃんが夢を叶えられるように応援したいの』って。そんなことまで言ってくれるんだよ」

美咲ちゃんの机の上の本棚には、『廉廉』の入学案内がある。彼女は勉強に疲れたとき、自分の未来に思いを馳せるように、よくそれを開いていた。パンフレットには当然、募集要項も掲載されている。

そういうページはふつう、大人が気にするのだろうけど、美咲ちゃんは……。

「でも、わたしが夢を叶えるには、すごくお金がかかるんでしょ」

やっぱり。

彼女はそういうことまで気にしていたんだ。

募集要項にはとんでもない金額が載っていた。

受験料、二万三千円。入学金、二十九万円、施設拡充費、七万円。入学までにそれだけかかる。年間授業料なんかを含めれば、中学一年生の初年度費用だけで、百三十万円はくだらない。美咲ちゃんからしたら、途方もない額だ。

いまのわたしにだって払える気がしない。

「お父さんもお母さんも、お金のことは心配しなくていいよって言ってくれるの。かけたお金以上に、将来得られるものは大きいからって」

自分の受験生時代、そういえば母もわたしに同じようなことを話してくれた。

「だから、怖いの」

美咲ちゃんが悲痛な面持ちでうなだれた。

「みんなが支えてくれて、わたしのために頑張ってくれて、そんなの気にしないでって笑って応援してくれて。そうやってたくさんのサポートを受けておいて、失敗するわけにはいかないでしょ。それが怖くて、ずっと消えないの」

「美咲ちゃん……」

まだ十二歳の彼女がつらそうに語る姿に、胸が締めつけられる思いだった。前から思っていた。

彼女はわたしに似ている。

勉強に没頭できるところや、いろんな思いを抱えながらも、それをあまり表に出さずに我慢するところとか。それから、家族があたたかく応援してくれるところなんかも。

「わたしは大学受験のときだったけど……やっぱり美咲ちゃんと、同じ気持ちになったことがあるんだ」

「結衣先生も？」

彼女が興味深そうに聞く。

「わたしの高校は、東大実績なんて毎年だいたいひとりかふたりだったのね。だから、『東大受けます』って宣言したら大変で。先生たちは盛り上がって『頑張れ』って応援してくれてたけど、心ない同級生からは『できるわけない』って否定されたり、『東大お疲れー』って冷やかされたりしたこともあった」

「そんなの、ひどい」

同情からか、共感からか、今度は気色ばんだ声。

「本当にひどいよねー。でも、正直、そういうのはそこまで気にならなかったの。うちの母はパワフルなひとで、『雑音なんて放っておきなさい!』って言ってくれて」

「結衣先生のお母さん、かっこいいね」

「かっこいいかな」

「うん、そう思う」

そうか、うちの母は元気なだけじゃなくて、かっこいいのか。美咲ちゃんに言われて初めて気づいた。

「でも……受験はやっぱり怖かったよ、わたしも」

「そうなの?」

「父は何も言わずに黙って見守ってくれてたし、母は世界で一番の味方になってくれたから、本当に感謝しかないんだけど。だからこそ、怖かった」

さっき美咲ちゃんが言ったことと、同じだ。

「こんなに応援してくれてるのに、期待に応えられなかったらどうしようって。そういうことを考え始めたら、目の前の問題集の内容が全然頭に入らなくなっちゃって」

「わたしと同じ……」

美咲ちゃんが目を見開いた。

「そうなの。わたしたち、似てると思う」

「それで、結衣先生はそれからどうしたの？」

彼女は心がソワソワして落ち着かないのか、布団をめくり、その場で手をついて上体を起こした。

「ちょっと、美咲ちゃん、大丈夫？」

「うん、もう平気」

その目に力が戻っていたので、わたしは彼女の隣に座り、そのまま続きを話した。

「自分の恐怖を、正直に、母に伝えたの」

そのときは、どんな反応をされるか心配だった。何、弱気になってるのって、背中でも叩かれるかと覚悟してたのに……。

「そうしたら母が、こう言ってくれたの」

あなたは、自分がコントロールできることだけに気持ちを向ければいいの。

自分がコントロールできないことなんて、気にしてもしょうがないんだから。

それに、結果も大切だろうけど、もし不合格になったって、別に死ぬわけじゃないんだし。これまでの努力とか積み重ねてきた経験とか、身に付けた力だって、それがゼロになるわけでもないでしょう。全部残るんだよ。

お父さんもわたしも、結衣が東大生になったら誇らしいな、とか思ってないよ。

東大はひとつの道だけど、道はひとつじゃないし。誰かの歩んだ道が自分にとっての正解になるわけでもないでしょ。行きたいと思って進むならそれもいいし、ほかの道に行きたくなったら進路を変えればいいことだし。目先の結果にとらわれることなんてないの。

それよりも、挑んできた時間が大切なんじゃないかな。夢とか目標のためにチャレンジして、ときにはうまくいかないこともあるだろうけど。でも、人生なんて、うまくいってもいかなくても、その先もずっと続くんだから。

挑戦できる心がすばらしいんだと思う。

だからわたしたちは、ずっと挑戦し続けているあなたのことを、昔もいまも誇りに思ってる――。

かつて母からそんな言葉をかけられたとき、わたしは何も返事ができなかった。

母の思いがうれしくて、うれしくて、涙が溢れて言葉が出てこなかったんだ。

話す代わりに、黙って母に抱きついた。

すると、わたしの話を聞いていた美咲ちゃんが、そっとわたしにからだを寄せた。

美咲ちゃん？

彼女は泣いているようだった。

そういえば……、母は抱きつくわたしに一瞬驚いて、それからそっと、わたしを抱きしめ返してくれたっけ。

あなたはわたしの誇りだから。

あなたならきっとできるよ。

そんなことを思いながら、わたしも美咲ちゃんを両手で包んだ。

しばらくして、彼女がからだを離した。

廊下の光でほのかに照らされた表情は、さっきよりも落ち着いて見えた。

でも……。

わたしには迷いがあった。

ここで話を終えていいのかな。

たしかに母の言葉が力になって、わたしは東大に合格した。ただ、その東大を卒業してからの人生は、けっして順風満帆とはいかなかった。思い出したくもないのに、時折ふいによみがえる、ほの暗い記憶。言葉の亡霊たちはいくら振り払っても消えてくれなくて。口にしたらますますとらわれそうで怖かった。

怖いんだけど……そのことを話さず隠しておくのは、美咲ちゃんとも自分とも、なんだか正直に向き合っていない気がした。

「美咲ちゃん、あのね……」

そうしてわたしは、これまで家族にも話してこなかった自分の身の上を、初めて美咲ちゃんに打ち明けた。

商社に入社してからの、つらかった日々。

地味な容姿で差別され、学歴を茶化され、東大卒をネタにされて、貶められたこと。

山ほどやることを与えられながら、まともに仕事を教えてもらえなかったこと。

そんな日々に、声も上げずにただ耐えて、偽りの笑顔でやり過ごしていたこと。

それで徐々に心を病んで、ついには会社を辞めてしまったこと。

わたしはいつの間にか、自分の息が荒くなっているのに気づいた。

ダメだ……苦しかった体験を口にするのは、やっぱりつらい。

くじけかけた、そのとき。

美咲ちゃんの右手がわたしの左手に重なった。彼女は大丈夫だというように、コクンと頷く。

わたしは気持ちを落ち着かせて、その先のことを話した。

『結衣は結衣だよ』

『結衣にはひとに教える才能があると思う』

中学時代の親友、紗雪の言葉に救われたこと。

そして高校時代の先輩、七緒さんが声をかけてくれたおかげで、家庭教師『ノーツ』の先生になったこと。

それから、いまが一番充実してることも。

ホント、美咲ちゃんやみんなと出会えたことに、心から感謝している。

「結衣先生」

美咲ちゃんの手が、ギュッとわたしの手を握る。

「先生、話してくれてありがとう」

彼女はそう呟いてから、目尻をぬぐった。

4

それから数日後。

授業で見た美咲ちゃんは、完全に復活していた。

遥さんによると、彼女はこれまでと比べてよく食べるようになり、夜も無理せず早めに休んでいるという。それでいて、家事の手伝いや慧くんの世話はこれまで通りしてくれているらしい。

たしかに彼女の表情は明るくなった。

「よーし、じゃあ今日は、夏から受けてきた公開模試、ぜーんぶ振り返るよ。美咲ちゃん、問題用紙、解答用紙、解説冊子、準備できてるかな？」

「うん、ばっちり！」

今日の授業は、総集編だ。

ちょっとした休養期間を挟んだからこそ、この勉強法は必要だった。

題して……いや、題なんてない。ストレートに、そのまま。

『過去ミスのオール振り返り』。

　これまでにしてきたミスをすべておさらいする。

　模試の出題範囲は広いものの、当然ながら一回ですべての単元が出るわけじゃない。回によって、異なる重要単元が順番にピックアップされて出題される。

　だから、全範囲を網羅しようと思ったら、最低でも四回ぶんくらいの見直しが必要だ。もともと美咲ちゃんは失点が少ないので、ここは四回と言わず、夏以降のすべての模試で解き直しを行ってみる。

　過去にミスした問題も、受験直前期のいまなら解けるということがわかれば、かつての自分より成長していると実感できて、自信もつくはずだ。

　もちろん、それが解けなくても落ち込む必要はない。いまだに弱い単元がはっきりしてよかったなって。自分の伸びしろがわかって助かったと思えばいいんだ。

　授業を終えたあとも、美咲ちゃんはやりきれなかった解き直しを続けていた。

「あんまり頑張り過ぎないようにね」

　わたしは彼女の背中に声をかけて、部屋を出た。

「うん、大丈夫。結衣先生ありがとー」

　美咲ちゃんの明るい声が遅れて聞こえた。

外灯が穏やかに足元を照らす。

空気はひんやりとしていたものの、風はなく、火照ったからだをクールダウンさせるにはちょうどよかった。

及川家の玄関を出て、歩き出したとき。

「篠宮先生！」

背後から呼び止められた。

先ほど玄関の三和土（たたき）で挨拶したばかりの遥さんが、わたしに向かって駆け寄ってくる。

「どうされました？」

問いかけると、彼女は視線を足元に落とした。

「ごめんなさい、うちのなかではお伝えしづらくて」

え、わたし、何かやらかしちゃったかな。

もしかして、先日美咲ちゃんの部屋でずいぶんと長話をしてしまったことだろうか。

内心焦っていたところ、

「篠宮先生には心から感謝しています。先日も、美咲にいろいろとお話ししてくださって。本当にありがとうございます」

遥さんが膝の前で両手をそろえ、深くお辞儀した。

「いえ、そんな！　お顔を上げてください」

路上で急に頭を下げられ、びっくりした。

「美咲に元気が戻ったのは、全部先生のおかげです」

遥さんは顔を上げて、まじまじとわたしを見た。

なんて返事をしていいかわからず、わたしははにかみながらも小さく首を横に振る。

するとと、遥さんが続けた。

「親バカかもしれませんが……美咲はどんなことにも誠実に向き合える頑張り屋さんで、周りに気遣いのできる、本当に心の優しい子だと思うんです」

わたしもそう思う。

「そんなあの子が、最近では、いつの間にか自分の夢を語るようになったんです。『世界中で困っているひとのために働きたいんだ』って。本気で決意してて。まだ十二歳なのに、これから果てしない大海原に出ていこうとしているようで、その姿に、毎日胸がいっぱいになるんです。もちろん、わたしや夫にできることなんて、身の回りの世話やお金を出してあげることくらいですから、大きな力にはなれないんですが」

そんなことない。遥さんやご家族の支えは、美咲ちゃんにとってとてつもなく大きな力になっているはずだ。

「なんとかあの子が夢を叶えられるように、親ができることはなんでもしてあげたいと思っています。でも……それがあの子の重荷にはなってほしくありません。あの、こんなこと、美咲の前では口にできませんが、『廉廉』の受験、仮に残念な結果だったとしても、わたしたちはいいんです。あの子の夢はそこで終わらないでしょうし、他の道に進んだとしても、きっと叶えようとするはずですから」

わたしが美咲ちゃんに話した、わたしの母の言葉を思い出した。

いま、遥さんも、美咲ちゃんに対して同じ思いを抱いているのだろう。

親が子を思う気持ちは、こんなにもあたたかいものなんだ……。

「だから篠宮先生も、気負わずにいてください。美咲がどんな結果であっても、篠宮先生への感謝は変わりませんから」

それを聞いて、熱いものが込み上げてきた。

なんか、泣いちゃいそう。

もちろん、合格させなきゃという気持ちは変わらない。どんな結果であっても、と言われて気を緩めようとは思っていない。

でも、遥さんの気遣いと思いの深さはよくわかった。

今度はわたしのほうが、深々とお辞儀した。

自宅に着くなり、母に電話をかけた。

今年の正月は実家に帰らなかったので、代わりに一度、元日に電話していて、今日はそれ以来だった。

「もしもし、お母さん？」

『ああ、結衣。どうかした？』

「ううん、別に何かあったわけじゃないんだけど……」

美咲ちゃんに自分の身の上を話してから、わたしの気持ちにも変化があった。転職したことをこれ以上両親に黙っておくことが、なんだか苦しくなったのだ。しかし、わたしが切り出す前に、母は早速マイペースで話し始めた。

昔からいつもそう。

『今年のお正月は、お父さんと一緒に書き初めしたのよ。いつぶりだろうね。墨と筆を新調してね。それで、ふたりして新年の抱負を書いたんだ。ねえ、わたしはなんて書いたと思う？』

母がいきなり質問をした。

「『笑顔』？」

インスピレーションで答えると、

『あらー、結衣、すごい。正解！　よくわかったわね』

それはそうだよ。こっちはいったい、何年お母さんの娘をしてると思ってるんだろう。いつも明るくニコニコ。笑顔は母のモットーだもん。

『じゃあ、じゃあ、お父さんは？』

母はまだクイズを続けるつもりのようだ。

「『健康』？」

『ブー』

「『長寿』？」『ブー』「『平和』」『ブー』「『安全』」『ブー』

母のことはすぐにわかっても、父が考えていることはイマイチつかめない。

「もー、わかんないよ」

『正解は「豊作」でしたー！』

受話口からは、母のはしゃいだような声。

「ねえ、お母さん」

意をけっして呼びかけた。

『お父さん、いま畑に夢中なの。早期退職して抜け殻みたいになったらどうしようって心配したこともあったけど、やりがい見つけてもらってよかったわー』

母はなおも楽しそうに話し続けていた。

「ねえ、お母さん。聞いて」

『あ、ごめん、何、何？』

母がようやく黙った。

「わたしね、商社辞めたの」

『……』

返事はない。

「最近じゃなくて、入社一年目の冬に」

なおも受話口は静かなままだった。さっきまであんなにはしゃいでいたのに。

やっぱり、ショックだよね。東大まで出て入社した大手の商社を、わずか一年足らずで辞めたなんて。

しかも、それを二年も黙っていたわけで。

「ちゃんと報告してなくて、本当にごめんなさい」

電話口にもかかわらず、わたしは頭を下げた。

『まあ、なんとなく商社は辞めたのかなーって思ってたよ』

母が静かに口を開いた。

「え、そうなの……？」

『最初、お父さんが言ったんだけどね』

「お父さんが？」

父は感情をあまり表に出さないし、なんでも淡々とこなすから、まさかそんなことに気づくひとだとは思いもしなかった。

『それで、いまは？』

「いまは、高校時代の先輩が経営してる家庭教師事務所で、プロ家庭教師として中学受験をする小学生の子たちを見てるの」

『だからかー』

ん？　だから？　なぜか納得したような口ぶりだった。どういうことだろう。

『お父さんとふたりで話してたの。最近、結衣の声、明るくなったよねーって』

「え、声でわかるの？」

母がハハハハと豪快に笑った。

『何年あなたの親やってると思ってるの。結衣がこの世に生まれ出た瞬間から聞いてる声だもの。そりゃあ、わかるわよ』

お母さん……。

『家庭教師の先生、いいじゃない。勉強熱心だった結衣に合ってるよ』

失望されるのも覚悟して連絡したのに、最後はあたたかく励まされた。

ああ、こんなことなら、もっと早く言えばよかったな。

あらためて、母と父の娘でよかったと思った。

合格発表

Results

1

いよいよ決戦のときが迫った、一月三十一日の夕方。

家庭教師『ノーツ』の事務所では、十二名の教師陣が一堂に会し、オンラインによる入試激励会が開かれるところだった。

画面分割されたモニターには、『ノーツ』に在籍する小学六年生とそのご家族が映っている。

桐山家は、カケルくんと麻耶さんが仲睦まじげに雑談していた。向こうの音声はミュート設定で聞こえないものの、リラックスしているように見える。うん、これなら大丈夫。

羽住家は、ひなたちゃんと映子さん。ふたりに全然動きがなかったので、一瞬画面がフリーズしているのかと思ったら、映子さんが髪を整えるしぐさをしたところで、そうじゃないことに気づいた。親子とも緊張しているようだった。いつも明るくテンションの高いひなたちゃんにしては珍しい。

それから澤村家。怜くんと恵理さんが並んでいた。彼は、埼玉の一月受験で合格を勝ち取っていた。お試し受験ではあったものの、『合格』という二文字で自信を持ったらしく、その後の顔つきは見違えるほど凛々しくなった。なかには一月の合格に舞い上がってしまったり、気が抜けてしまったりする子もいるみたいだけど、怜くんには明らかに効果があったようだ。

そして、及川家。美咲ちゃんを挟んでお父さんと遥さん。遥さんの膝の上には慧くんもいて、家族四人で参加している。美咲ちゃんは自分の胸に手を当て、呼吸を整えていた。緊張しているのかな？　大丈夫かなと心配したとき、彼女はフッと息を吐き出してこぶしを握った。気合を入れ直したのだろう。うん、いい顔になった。そんな美咲ちゃんに、隣のお父さんが何か声をかけ、美咲ちゃんからも笑みがこぼれる。

すると、分割された別の画面に映る顔が目に留まった。

スーツ姿で腕を組み、ひとりムスッとした表情。

怜くんの父親の総一朗さんだ。

総一朗さんは怜くんや恵理さんとは別のデバイスから接続していた。いつも遅くまで仕事があるなか、この時間につないでくださったんだ。ひょっとして職場からかもしれない。

参加されていることへの驚きと、いったいどう思われているんだろうという不安。ふたつがない交ぜになって、なんだかこちらがドキドキする。

そのとき、

「それでは、始めます」

七緒さんが呼びかけ、画面の前に座った。

わたしたち教師陣は、前列組が七緒さんを挟んで座席につき、後列組はその背後に立った。

「皆さん、こんにちは！」

七緒さんの元気な挨拶に対して、生徒たちの口も一斉に開いた。ミュート設定で声は聞こえなくても、画面からは元気な様子が伝わってきた。

「早速ですが、生徒のみんなに質問です。この一年間を振り返ってみて、一番苦しかったことはなんですか？」

そんな問いかけに、子どもたちは考え込んだり保護者の顔を見たりする。

十秒ほど待って、再び七緒さんが続けた。

「難しい問題にくじけそうになったり、ひとの成績を気にしたり、模試の判定に落ち込んだり、遊びや趣味などの誘惑に駆られて勉強に手がつかなくなったり。そんなこともあったのかな？　あるいは、お父さんやお母さんとささいなことでケンカしたり、とか？」

そこでいくつかの家族がきまり悪そうに顔を見合わせた。

「でもね、そういう苦しかったこと、つらかったこと、むしゃくしゃしたこと、落ち込んだこと、いろんな経験を乗り越えて今日まで頑張ってきたのは、本当にすごいことだと思う。だってみんな、途中で投げ出さなかったでしょ。諦めずに乗り越えてきたんだよ」

生徒たちの目に自信がにじんだ。

「ちなみにだけど、一年前の自分と比べて、いまの自分は何も変わってないって思ってるひと、いる？」

画面の向こうでは、一様に首を横に振っていた。

「全員ノーでよかったー」

七緒さんが笑うと、生徒たちもにんまりした。

「そうなの。みんな確実に成長してるんだよ。だから、そんな自分を信じてほしい。誇りに思ってほしい」

熱く語りかける七緒さんを見て、自分の気持ちも高まった。

ああ、こういう会があってよかったな。

自分の東大受験のときなんて、ひとりでホテルに前泊したから、不安ばかり募ってしかたなかった。あのときはそれをどうにか抑え込もうと、ひたすら参考書をめくっていたな。夜も慣れない枕で全然眠れなかったし。

最後に、

「教師一同、心より感謝しております。ありがとうございました」

保護者へのお礼を伝えて、七緒さんの挨拶は終わった。

続けて、先生方が順番にエールを送っていく。

どの言葉にも感情がこもっていた。長く見てきた生徒なら、小学四年生の初めから、じつに三年。成長期にある多感な年ごろの子どもを、お父さんやお母さんと一緒に育ててきたような気持ちなんだろうか。なかには話しながら、途中で感極まって言葉に詰まる先生もいた。

そして、十二番手。最後は、わたしから。

モニター正面の席に座る。

分割画面のひと枠に映る自分の顔は、ひどく強張っていた。

わたし、めちゃくちゃ緊張してるし……。

先輩たちの挨拶がどれも深くてすごかったのと、モニターの向こうの家族が、みなさん真剣な顔だったのも緊張に拍車をかけた。

まずい、足も震えてる……。

早鐘を打つ心臓に頭が真っ白になりかけたそのとき、肩に手が置かれた。

振り返ると七緒さんだった。

七緒さんはじっとわたしの目を見つめ、大きく頷いた。

あなたが緊張してどうするの。しっかりやりなさい。

そう背中を叩かれたようだった。

そうだ。

そうだよ。画面の向こうの子どもたちは、みんな困難を乗り越えてきたんだから。

わたしが震えている場合じゃない。この子たちのおかげでわたしだってもう、以前のわたしじゃないんだから。

七緒さんに頷き返すと、画面に向き直り、背筋をピンと伸ばした。

「こんにちは。『ノーツ』の篠宮です」

わたしは椅子を引き、机に手を置いた。

「みんなはこれまで、いったいどれだけの問題を解いてきたんだろう。たぶん、数えられないほどの量じゃないかな？　どんなに大変なことがあってもそこで諦めなかったね。一年前の自分と比べたら、ずっと難しい問題にも挑戦してきたし、机に向かう時間もすごく増えた。本当によく頑張ったよね」

画面の向こうのひなたちゃんが、何度も頷いてくれた。

「みんな確実に、何かに継続して打ち込む習慣がついてきたよ。それに、自分の信念を貫いて選択してきた」

今度はカケルくんと麻耶さんが首を縦に振った。

「そういうことが、生きるうえで一番必要な力なんだと思う。みんないま、とても逞しい顔をしてる」

わたしの受け持ちではない生徒も、真剣に話を聞いてくれていた。この子たちみんなにベストを尽くしてほしい。

「もちろん、受験となれば緊張するだろうけど。でも、試験会場の教室に入ったら、最後に自分を奮い立たせられるのは、自分自身なの。あとは悔いが残らないように、やれることをやるだけ。それでもまだ緊張で震えそうになったら、そのときは家族の言葉、友達の言葉、それから先生たちの言葉を思い出して」
わたしだってそう。七緒さんに、紗雪に、母や父の言葉に励まされてここまで頑張ってきたんだから。
「ハートは熱く、頭は冷静に。本番では、やってきたことを出し切ることだけ考えて臨もうね。一緒に頑張ろ」
わたしの激励メッセージに、画面のみんなが頷いてくれた。冒頭では緊張していたひなたちゃんも、いまは目をキラキラとさせている。
「最後に保護者の皆様。ここまでお子様を支えてくださり、また、わたしたちにいつもあたたかな言葉をくださり、本当にありがとうございます。ご家庭のバックアップがあったからこそ、お子様が自分の夢や目標に向かうことができているのだと思います。心より感謝しています。明日からまた、よろしくお願いします」
会が終わると、手元のタブレットに次々とチャットが届いた。
カケルくんからは、【なんか、ワクワクしてきた！】
ひなたちゃんからは、【結衣センセーありがとー♡　すごくやる気出てきたよー】
怜くんからは、【頑張ります！】
美咲ちゃんからは、【結衣先生の話を聞いて、ますます頑張ろうって思った。わ

たし、絶対廉廉に合格する！】

保護者の方々からは、身に余るほどたくさん感謝の言葉をいただいた。

澤村家は恵理さんから、【怜からのコメント、淡白ですみません。でもあの子、いますごくやる気になっています。全部篠宮さんのおかげです。ありがとうございました。】と。

恵理さんにそんなふうに思ってもらえていたなんて……途中で投げ出さずにやってきてよかった。

総一朗さんは会の最中、表情ひとつ変えずに画面を見つめていたけど……。どう思って聞いてくださっていたんだろう。

その後『ノーツ』事務所では、明日から始まる入試の激励の配置や、発表タイミングの聞き取り方法について打ち合わせが行われた。わたしが担当してきた四人のうち、美咲ちゃんを除く三人は、偶然にも発表時間が三十分刻みで連続している。そのときの光景を想像するだけで、また緊張した。

そうして細かく一時間ほど動きを確認し、打ち合わせを終えて事務所を出る。辺り一帯は夕闇に包まれていた。見上げた空には雲が漂い、そのすき間からわずかに月が顔を見せている。吐き出す息が白かった。

コートの襟もとを閉じて歩き出すと、視線の先にスーツ姿の男性が見えた。

怜くんのお父さん——総一朗さんだった。

すぐそばにある児童公園のベンチに、並んで座った。

周囲は音もなく、静かだった。わたしたち以外に人影はなく、冷えた空気がしんとしたまま佇んでいる。頭上の常夜灯が淡く足元を照らした。

「急に、すみません」

総一朗さんが口を開いた。

「あ、いえ、こちらこそ」

その言葉にどう反応していいのかわからず、よくわからない返しをしてしまった。ちゃんと話をするのは、怜くんが倒れたあの日以来だ。こんな時間にひとりで、いったいどうしたんだろう。最初に挨拶を交わしたときにも用件を聞いたのに、『少しだけ時間をもらえませんか』と濁されてしまった。もしかして、入試激励会のときのわたしの言葉に、何か気分を害したのだろうか。いや、でもそれだったら、電話で代表の七緒さんに伝えそうなものだ。

それとも、恵理さんや怜くんとの関係に亀裂が入ってしまった、とか……？

すると、

「妻から、最近になって一冊のアルバムを見せられたんです」

総一朗さんが、唐突に切り出した。

なんのことだろう。

「わたしはずっと、怜の褒め方がわからなかった。なんでも、これくらいはできるだろうって、自分のモノサシで見ていたんでしょう。あの子が小さかった頃は、ただ笑っただけで、立っただけで、言葉を発しただけで、とんでもないものに遭遇したように喜んでいたのに。喘息が続いた夜は気が気でなく苦しかったのに」

総一朗さんはわたしでなく、膝の上で組んだ自分の手元を見ていた。

「幸い喘息が治まってからは、妻も言っていたように、徐々にいろんなことができるようになったから。『ああ、やっぱり、さすがは自分の子だ』と喜んで。それで、期待して……。でも、できることが増えるにつれて、逆に少しずつ物足りなくなってしまい……」

そこで言葉を詰まらせると、目を伏せ、ため息をついた。

総一朗さんのこんな表情は、初めて見た。

「怜には挫折を味わわせたくない。幸せになってほしい。悩みなく成長してほしい。そう思っていただけなのに……。あの子をずいぶんと悲しませてしまった」

その声にも悲しみがこもっていた。

「妻から見せられたアルバムには、喘息に苦しんでいた時期の怜の姿が、たくさん収められていました。青白く細い指をカメラのレンズに向けて笑っている顔や、ひどく咳き込んだあとなのに、やけに穏やかに見える寝顔も。あの頃のことが全部よみがえってきました。それで、いまさら気づいたんです。怜がいま健康に過ごせているのは、けっして当たり前のことじゃないんだと」

まるでそのアルバムが膝の上にあるかのように、総一朗さんは視線を落としたまま優しく微笑んだ。

そんなふうに笑えるんだ……。

おもむろに、総一朗さんが腰を上げた。つられるようにわたしも立ち上がる。

そして向き合うと、

「篠宮先生のように怜に寄り添うことができないばかりか……あなたには無礼な言葉を投げかけてしまい、すみませんでした。こんな時期まではっきり伝えられず、お恥ずかしい限りです」

総一朗さんが頭を下げた。

「え、そんな、顔を上げてください」

もう十分だった。総一朗さんの誠意は存分に伝わってきた。あとは……。

意を決し、

「怜くんがこれから先の人生で、もしもつらそうにしていることがあったら、そのときは……いまわたしに話してくださったことを、直接怜くんにも伝えてあげていただけませんか？　どうか、よろしくお願いします」

そう言って、わたしは一礼した。

すると総一朗さんからは、「わかりました」と。

その返事に、胸がいっぱいになった。

2

そして、ついに決戦の日を迎えた。

二月一日、入試の朝。

いつものように、外がまだ暗いうちに自然と目が覚めた。

さっそく身支度を整えて、生徒たちの今日の受験校と自分の動きを確認し直した。

玄関を出ると、留まる冷気が肌を強張らせる。

坂道を下っていくうちに、ようやく東に見えるビル群のすき間が明るくなってきた。

今日はいまから、家庭教師陣で手分けして各中学校へ入試応援に向かう。オンライン入試激励会のあと、当日どこで激励させていただくかは各ご家庭ともやりとりしていた。

まずはカケルくんだ。

中学校には麻耶さんと一緒に電車で向かうという。

少し早く待ち合わせの駅に着いた。

その時間になると、空は薄青色に澄んでいた。いい天気だった。

改札の前を、スーツ姿のサラリーマンたちが速い足取りで行き来していた。

思えば、東京での生活を始めたばかりの頃は、よく道に迷った。電車の路線だって何度乗り間違えたことだろう。それがいまでは、たいていの目的地にはスマホのマップも見ずに行けるようになった。

「結衣先生ぇー！」

呼ばれた方向を振り返ると、駅前の道をカケルくんが向かってくる。

「カケルくん！」

わたしも手を振って応えた。

彼はいつも通りのマイペースな歩調だった。

「先生、本当に応援に来てくれたんだ。ありがとう！」

改札口までやってくると、ニコニコしながら感謝を伝えてくれた。

「カケルくんは、緊張してないの？」

「うん！」

「そうなの、すごいねー」

少し遅れてやってきた麻耶さんが、

「篠宮先生、カケルのためにありがとう」

と頭を下げた。

「本当は中学校の正門まで行きたかったんですが、ここですみません」

「ううん、いいの。先生たちも大変よね。同じ日にいろんな生徒さんの応援に行くんでしょ。それも東京中の」

たしかに、このあとひなたちゃんと怜くんの激励が控えている。

東京は狭いようで広い。受ける中学の場所もまちまちだから、どういうルートで回るかもずいぶんと考えた。

「カケルくん、入試当日なのにリラックスできてて、いいですね」

すると、麻耶さんが笑った。

「ゆうべ、今日の持ち物を確認してるときはね、珍しく『なんかドキドキする。変な気持ち』って言ってたの。で、『それは恋？』って聞いたら――」

「全然違うよー！」

カケルくんが昨日のやりとりを再現するように叫んだ。

「まさに、いまみたいに否定してね。じゃあ本当に緊張してるのかも？って話になって。そんなときに、このひとがおまじないをかけてくれたの」

麻耶さんが横を向いた。

つられるようにそちらを見ると、ひとのよさそうな男性が立っていた。

ヤダ、言われるまで全然気づかなかった。この方って、もしかして。

「どうもはじめまして。カケルの父です」

カケルくんのお父さん、初めて見た……。ニコニコとおっとりとした雰囲気はカケルくんに似ている。ううん、逆か。カケルくんの性格はお父さん譲りだったんだ。

そんなことを思いながら、「ご挨拶が遅れて申し訳ありません。篠宮です」と、慌ててお辞儀した。

「パパが教えてくれたの。手のひらに三回『人』って書いて飲み込むと、緊張しなくなるんだって！」

カケルくんがうれしそうに、自分の手のひらに『人』と書いて、飲み込むしぐさをした。

「カケル、昨日からもう五十回くらいやってないかい？　さすがに飲み込み過ぎだろ」

カケルくんのお父さんが笑う。

「うん、もう全然緊張してないんだけど、なんか飲みたくなっちゃって」

カケルくんも白い歯を見せた。

「すてきなご主人ですね」

そう麻耶さんに伝えると、

「篠宮先生、本気？　このひと、放任主義すぎて、カケルの受験のこと、なんにもしないのよ。今日だってわたしが無理やり引っ張ってきたんだから」

「ハハハ……申し訳ない」

カケルくんのお父さんは肩をすくめて頭を掻いた。

桐山家は、麻耶さんが引っ張っているのは間違いない。でも、カケルくんのお父さんだって麻耶さんが言うほど無関心というわけではないようだ。親子関係もよさそうだし、さっきのおまじないだって、しっかりカケルくんの励みになっていた。

「結衣先生、今日の準備、全部僕が自分でしたんだよ！」

カケルくんが「えへん！」と胸を張った。

「そうなのよ。そういうところは中学受験を目指してから、すごく変わったと思う」

麻耶さんが感慨深そうに目を細める。

カケルくん、出会った頃は何も決められない子だったのに……。

この子が頑張ったのは勉強だけじゃない。心もちゃんと成長していた。

「じゃあ、結衣先生、行ってきます！」

そろそろホームに向かう時間だった。

「うん、楽しんできてね！　応援してる！」

改札を抜けてからも、何度も振り返って手を振るカケルくんを、わたしも満面の笑みで見送った。

その足で、今度は別の駅に向かった。

電車を降りて改札を出ると、ちょうどひなたちゃんと映子さんが駅に入ってきたところだった。

「あー、結衣先生！　おはよー！」

ひなたちゃんが元気に手を振った。

わたしも「おはよう！」と笑顔で応え、映子さんには「お世話になります」と会釈する。

「ねえ、先生、これ見て」

彼女はコートのポケットからあるものを取り出した。

ん？　なんだろ？　お守り？

顔を寄せるわたしに、ひなたちゃんは「シオンくんのアクスタ！」とそれを顔の前に掲げた。堂々とポーズを決めたシオンくんだった。

アクスタって、ああ、あの、アクリルスタンドのことか。そういえば紗雪の部屋の棚にもたくさん並んでいた。

「ひなたちゃん、最強のお守りだね」とピースすると、彼女は「ママも持ってるんだよ！」と映子さんを向いた。

「おそろいで持ってたほうが縁起がいいからって、この子が勧めるから」

映子さんが、照れながらシオンくんのアクスタを掲げた。

夏の一件以降、じつは映子さんも、ZZZとシオンくんにハマったのだ。

もちろん、それで受験に支障が出ないように。

ひなたちゃんは、十分に集中して勉強してから、リフレッシュタイムにはよく音楽に合わせて踊っていた。そのダンスを映子さんも一緒に踊るようになったのだ。というか、わたしもだから、三人で踊っている。

「結衣先生、わたし、頑張る！」

ひなたちゃんの声に力がこもった。

「昨日のオンライン激励会、最初ちょっと緊張しているように見えたけど、いまはやる気がみなぎってるね」

すると彼女は、「それにはちょっと理由があるんだけどねー」と映子さんを見た。

「え、何、何？」

わたしが聞くと、

「『明七』に合格したら、ママがZZZのライブに連れてってくれるって約束してくれたの！　まあ、ホントはママが行きたいだけなんだけどさ。だから絶対に受からなきゃ。ママをライブに連れてくんだから！」

ひなたちゃんが「ねー」と呼びかけると、映子さんが気まずそうに笑った。

受験の意気込みがライブのため、というのはともかくとして、『ママを連れてく』なんて言いきれるのはすごくカッコいい。

ひなたちゃんを見送ると、わたしはすぐに山手線に乗り、次の目的地へと向かった。

駅を出て、住宅街の通学路を歩いていくと、視線の先、左手に東郷中学が見えた。校舎に続く道の両脇にはイチョウの木が並んでいる。

受験者の姿はまだちらほらといったところ。ただ、正門脇のブロック塀の前には、すでに何人かスーツ姿の大人たちが並んでいた。雰囲気からして、おそらく塾の先生や家庭教師だ。冷たい空気が肌を刺すなか、彼らは背筋を伸ばし、教え子の来校を待っているようだった。

あのひとたちも、大切な自分の生徒を合格に導くため、きっと必死で指導してきたんだろうな。ライバルではあるものの、そう考えると同志のようにも感じられた。

しばらくして、道の先に怜くんの姿が見えた。

彼には恵理さんも総一朗さんも同行していない。

「先生」

わたしに気づいた怜くんが正門前で立ち止まった。

「怜くん、おはよう。今日はひとりで来たの？」

「うん。お母さんは一緒に行こうかって言ってくれたけど、電車ですぐだし、道も複雑じゃないから」

そう話す彼は少し硬かった。本人は平静を装っていたものの、やはり緊張しているんだろう。この子はあえてひとりでやってきた。ひょっとしたら、家では強がったのかもしれない。でも、いざ決戦の場に来れば、誰でもなかなか自然体ではいられない。

だからこそ、わたしが小さな挑戦者を勇気づけなきゃ。

「ねえ、前に怜くんが教えてくれたサッカー選手の名言。あれ、いまの怜くんにそのまま贈るよ」

彼は一瞬キョトンとしたが、

「シュートはゴールへのパスだよ」

わたしの言葉に、その顔がパッと明るくなった。

「ジーコ！」

そして往年の名選手の名を叫ぶ。

そう、元ブラジル代表の〝神様〟、ジーコ。彼が日本代表の監督を務めていたとき、決定力不足に悩んでいたチームに向かって繰り返し伝えていた言葉らしい。

為すべきことは、いたってシンプル。

それをただ、気負わず、落ち着いて、正確にやる。

怜くんが教えてくれた言葉を当の怜くんに返した。彼も、わたしがなんでいまこの言葉を伝えたのかに気づいたらしく、肩の力が抜けたようにやわらかな笑みを浮かべた。

「先生、ありがとう。やってきたことを信じて頑張ってくる」

「うん。怜くんならできるよ。応援してる」

校舎へと進んでいく怜くんの背中はとても凜々しかった。

本当は、美咲ちゃんの応援にも行きたかった。

ただ、各中学の集合時間がほぼ同じなかで、美咲ちゃんと怜くんのいずれかを優先しなければならなくなってしまった。それを本人たちに相談したわけではないのに、わたしが頭を悩ませているのを察したのかもしれない。事前に美咲ちゃんから、『怜くんの応援に行ってあげて』と申し出があった。

自分の受験で頭がいっぱいのはずなのに、彼女はいつも周囲への気遣いを忘れない。

ひなたちゃんやカケルくんも、美咲ちゃんから激励メッセージをもらったと言っていた。

結局、今日の美咲ちゃんの応援には七緒さんに行ってもらった。七緒さんも特別講座では美咲ちゃんを担当していた。

それに、『廉廉』の入試日程は他と比べて特殊だった。今日が第一回入試で、明日の午前に第二回が実施される。そして明日の午後に、第一回の合格発表。つまり、二回目の受験が終わってから一回目の合否がわかるのだ。そんな変則日程のため、『廉廉』を第一志望にしている受験者の多くは二回とも受ける。美咲ちゃんもそうだ。そんなこともあり、彼女の入試応援には明日行くことにしていた。

今朝は食事をとらずに出てきたので、東郷中の近くの飲食店で食事をしようと思っていた。しかし、周囲は住宅街のせいか、なかなかお店が見つからず、ようやく見つけたと思ったらまだ午前なのにどこも満席だった。店内を覗くと、先ほど正門の前で子どもを見送った保護者の方たちだった。我が子の受験中もここで待機しているのだろうか。しかたなく入店を諦めると、電車で乗ってきた路線を引き返した。

駅のホームに着いてから七緒さんに電話する。聞けば、『廉廉』では無事に美咲ちゃんの激励をしていただいたようだ。美咲ちゃんはいい顔をしていたという。

これまでの経緯から、彼女のメンタル面が心配だったけど、それならよかった……。

七緒さんからは、駅の裏通りにある定食屋を指定された。

スマホのマップで所在地を確認しながらそのお店に着くと、

「篠宮、こっち、こっち！」

店員さんが出てくるより先に、なかの座敷に座っていた七緒さんが手を挙げた。

「お疲れ様です」

わたしも座敷に上がると、お茶をすすっていた七緒さんが店内を見渡した。

「このお店、いいでしょ。穴場なの」

駅から来る途中にあったファミレスや喫茶店も、ことごとく満席だった。東郷中学の周辺と同じように、ひょっとしたらこのあたりも、『廉廉』などの中学受験に臨む子の、保護者の待機場所になっているのかもしれない。

その点、ここはずいぶんと空いていた。

「初めて入試応援した年にたまたま見つけてね。それから毎年来てるの。かつ丼が絶品なんだよ」

そう勧められたら、興味が湧く。早速ふたりで当のかつ丼を注文した。

「受験にカツ、ってね」

「七緒さんもゲンかつぎするんですか」

「ううん、言ってみただけ。全然しないね。親御さんや受験生がするぶんには心が軽くなっていいと思うけど、わたしたちがしてもねぇ。教師がゲンをかついで生徒が受かるんなら、そんなに楽なことはないし」

首都圏の中学受験で第一志望の中学校に合格できる割合は、約三割といわれている。

つまり十人に七人は不合格を経験するのだ。七緒さんの言葉には、そういうシビアな現実と戦うひとの思いがにじんでいだ。

「『努力すれば報われるんじゃない。報われるまで努力するんだ』」

七緒さんが突然言った。

「あ、それ、なんか聞いたことあります」

「メッシの名言」

「そうだった。前に怜くんが教えてくれました。七緒さん、サッカー好きなんですか」

そういえば、彼女とはあまり趣味について話したことがなかった。

「家庭教師始めるまで、サッカーもほかのスポーツも、全然詳しくなかったんだけどね。子どもたちと話すようになってから、いろんなことに興味を持つようになったの」

七緒さんがうれしそうに言う。

「みんなそれぞれに熱中してることがあって、その話を聞いてるうちに、自分も好きになってくのって、なんか面白いよね」

たしかに……。

わたしだって、ひなたちゃんをきっかけにしてシオンくんのことを知り、明大の文化祭のパネル展を見て、彼のやろうとしていることに、さらに興味を持った。

「わたしたちは教えるだけじゃなくて、あの子たちからたくさん教わってるんだよ」

なんだか七緒さんの言葉が心に沁みる。

「わたしは篠宮からも学んでるよ」

ジーンとしていたところでふいに言われたものだから、「へ？」と間抜けな返事をしてしまった。

「高校時代は、ただの本の虫で変なヤツだと思ってたけど」

「なかなかのひどい言い草ですね」

「そう、そうやってわたしの軽口を切り返せるようにもなったし、笑顔も増えたし、それに、いつも生徒のことを思ってるでしょ。その情熱はたいしたもんだよ。篠宮も確実に成長してるって思う」

今度は軽快に返せなかった。十年前からわたしのことを知ってくれている先輩にそんなことを言われたら、うれしすぎて言葉に詰まる。

「はい、お待ちどおさまー」

ちょうど運ばれてきたかつ丼に、

「さ、食べよ、食べよ」

「いただきます」

ふたりして舌鼓を打った。


食事を終えて店を出ると、七緒さんとはそこで別れた。

彼女は引き続き、『午後入試』のある生徒たちの応援に行くことになっていた。

わたしの担当する四人は、今日は午前だけだったが、東京と神奈川の入試では同日に午前と午後で二校受験する生徒も多い。もちろん、移動時間はかなりタイトなので、なかには移動中のタクシーの車内で食事する子どももいるらしい。話を聞くだけで中学受験の熱気を感じた。

　一方、わたしは『廉廉』へと向かった。美咲ちゃんには明日の入試応援に行くと伝えてあったけど、やっぱり今日のうちに顔を見ておきたかった。それに、遥さんは慧くんの世話もあって来られないと言っていたから、せめてわたしが彼女のことを迎えてあげたいとも思った。

　駅から続く歩道は凄まじい混みようだった。わたしの地元だったらお祭りの参道でしか見ない光景だけど、この街ではこれが日常なんだろう。

　学校の前に到着すると、すでに沿道には大勢の保護者らしき方たちが控えていた。『廉廉』は地上九階建てで、道路に面した上階を、一、二階部分から斜めに伸びた柱が支える斬新なデザインをしている。一見すると、文化会館的な、公共施設のような印象だった。

　しばらくすると、正面玄関からぞろぞろと生徒たちが出てきた。

　そのなかに美咲ちゃんの顔も見えた。

　わたしに気づいた彼女が、驚きの表情を浮かべながら駆け寄ってくる。

「先生、どうして!?」

「美咲ちゃんの顔を見ておきたかったから、来ちゃった。朝来られなくてごめんね」

「ううん、そんなの、全然。それよりみんなの様子はどうだった？」

　自分の入試が終わったばかりなのに、他の子たちのことを気にかけてくれるなんて。この子はなんて友達思いなんだろう。

「うん、三人とも大丈夫。みんないい顔してたよ。カケルくんはいつも通りだったし、怜くんも気合十分だった。ひなたちゃんなんて、『合格したらシオンくんのライブ行くんだ』ってすごく張り切ってた」

それを聞いて、「ひなたらしいね」と美咲ちゃんも笑った。

「美咲ちゃんはどうだった？」

わたしの問いかけに、彼女は「うーん」と空を仰いだ。

「算数と理科で、だいぶ焦っちゃった。公開模試ではなんとか間に合ってたけど、やっぱり本番は時間が短く感じるんだね。こんな感覚、初めてかも。書いてるときに何度か書き間違えちゃって……書き直そうとした字でまたミスして。そういうのでも時間をロスしたかな」

これまでの公開模試では70近い偏差値をキープしていた美咲ちゃんでさえ、そういう手ごたえになるのか……。わかっていたつもりだったのに、あらためて中学受験の難しさを感じた。って、イヤ、イヤ。わたしがそんなことを言ってちゃダメだ。美咲ちゃんには二度目の受験が控えている。今日の結果は明日の午後まで出ないんだから、いまモヤモヤしててもしょうがない。まずは、明日もう一度ここで戦うための準備だ。

彼女には、家に帰ってからやってほしいことをあらかじめ細かく書き出してあった。そのメモを美咲ちゃんに渡した。

「美咲ちゃんなら大丈夫」

「先生、ありがとう。明日も頑張る」

最初は少し落ち込んでいた彼女も、別れ際には笑みを浮かべていた。

3

そして、夕方。

時計の針は、午後五時三十分を回ったところだった。

『ノーツ』の事務所には家庭教師陣、全員が集まっている。

ホワイトボードには、このあと発表のある生徒たちの氏名と受験校、合格発表の方法と発表時間が貼られていた。東京の中学受験は、当日発表の中学も多い。そして、インターネット発表が主流だ。

わたしの担当する生徒で今日の発表を控えているのは、まず、ひなたちゃん。

明応大学附属七ツ星中学校——通称『明七』。例年の受験倍率は三倍ほど。

合格発表は、午後六時に中学のホームページで行われる。発表後には映子さんから、わたしが持つ『ノーツ』支給のスマホへ連絡をいただくことになっていた。

先ほどまで他の先生たちは、夜遅くまで続く発表に備えて食事をとっていた。

わたしは昼に食べて以来、何も口にしていない。自分が直接指導してきた六年生の、初めての合格発表だ。もう数時間前からずっとソワソワしていて、食事なんてとても喉を通る気がしなかった。

ただ、最初の発表時間が迫ってくると、それまでくつろいでおしゃべりしていた先生たちも、モードを切り替えたように押し黙った。

事務所には、カチコチと進む時計の秒針の音だけが響く。

なぜだかふと、ひなたちゃんとの一年がよみがえる。

小学三年生の頃から進学塾に通い、ずっと順調だったところ、小学六年の春以降、急に成績が下がった彼女。原因はシオンくんに入れこみ過ぎて集中力がガタ落ちし、生活のリズムが崩壊していたせいだった。一時は彼女の考え方が理解できず、その趣味へののめり込みように、恐れさえ抱いたこともある。

それでも、彼女のことを知ろうとして、わたしもいっぱいシオンくんのことを調べた。紗雪のアドバイスにもずいぶんと助けられた。

それで少しずつ、勉強と趣味とのバランスがとれるようになってきて。秋の文化祭をきっかけに、ひなたちゃんは自分で道を探し始めた。いつもノリがよくて、入試当日までハイテンションだったけど、あの子はすごく感受性の強い子で、いろいろと考えている。わたしの自慢の生徒だ。

彼女はいま、どんな思いで発表を待っているんだろう。

映子さんやお父さんも。

想像するだけで、ますます心臓の鼓動が速くなる。

そして、ついに。

時計の針が、午後六時を回った。手元のスマホの画面も、同じく合格発表の時間を示していた。

息を飲む。

まだ、電話は来ない。

そのうちに、時計の秒針が一周した。さっきまであんなにゆっくり動いていたのに、六時を回ったとたん、進みが速くなった気がする。

わたしは不安で周囲の先生たちを見た。

「篠宮、鼻息荒いよ」

七緒さんが呆れる。指摘されて初めて、自分の呼吸が激しくなっていることに気づいた。

「落ち着こう。発表直後はアクセスが集中してつながりにくいこともあるし、ひょっとしたらご自宅で合格に沸いてるかもしれないでしょ。そんなすぐにはかかってこないって」

そう言われて、じっと待つこと数分。この時間がいつまで続くのかとめまいがしそうになったとき、突然スマホが震えた。

着信画面に【羽住家】と表示されている。

「はい、家庭教師『ノーツ』の篠宮です」

わたしが電話に出ると、

『シオンくんのコンサートに行ける！』

ひなたちゃんが絶叫した。

やった！　合格だ！

「ひなたちゃん、おめでとう！」

『ありがとありがと結衣先生ありがとー、やった、やった、やった！』

事務所の先生方にもその声が届いたようで、みんな笑顔を見せて拍手したりバンザイしたりしていた。

彼女はひとしきり歓喜に沸いてから、昨夜のことを話してくれた。

昨日は布団に入ってもなかなか眠れなかったらしい。それで、シオンくんのオーディション時代のエピソードが載っている雑誌を読んだのだという。

『そこに書いてあったの。〝挑戦できることを幸せに思いたい〟、〝挑戦してきたことを誇りに思いたい〟って。なんか、それ読んだ瞬間、いろんな不安が消えたんだ』

挑戦できることを幸せに思う。

挑戦してきたことを誇りに思う。

自分の過去にも重ねてみた。

いい言葉だな。そうか、勇気をくれるのは、何も友達や家族、先生だけじゃないんだ。

あらためて、ひなたちゃんが幸せな受験を経験できてよかったと思った。

その後、映子さんからもたくさん感謝の言葉をいただいて、電話を終えた。

時計の針はすでに六時二十分を回っていた。

その間に、他の先生方も次々に入試報告の電話を受けていた。もちろん、受験は選抜試験だから、全員が合格するわけじゃない。なかには、必死に悲しみをこらえている先生もいる。

以前、七緒さんに相談したことがあった。この初めての入試で、もしも自分の担当する生徒が不合格になってしまったとき、わたしはどんな声をかけてあげればいいんでしょうか、と。

するとと七緒さんは首を横に振った。

『そんな、用意されたマニュアルとか原稿を読んだって、気持ちは伝わらないよ。何を言わなきゃいけないとか、どんな言葉が効果的とか、そういうことじゃなくてね。その子の気持ちに寄り添うだけなの。だって、何を話したって十二歳だもん。不合格の三文字はつらいよ。でも、いつか悲しみを乗り越えられることを願いながら、せめてその子が自分を否定しないように背中を押すの』

もしもそのときが来たら、わたしはちゃんと寄り添えるだろうか。

次はカケルくんの番だ。

有光中学校の合格発表は、午後六時三十分。中学のホームページで行われる。インターネット発表の照会は、わたしたち『ノーツ』側でできる中学もある。有光中学のように、ログインIDとパスワードが受験番号と生年月日の組み合わせであれば、それはこちらでも把握しているからだ。

ただ、わたしたちが照会するのは、あくまでご家庭から連絡をいただけない場合や、情報が不明確なときに限っている。やはり、第一声はご家庭からいただきたいというのが七緒さんと『ノーツ』の方針だった。

時計の針がちょうどその時間に差し掛かったとき、スマホが震えた。

着信画面に【桐山家】と表示されている。

電話に出ると、

『篠宮先生？　桐山です。無事、有光中学、合格してた』

麻耶さんからだ。

『しかも、特待合格だって！』

「えっ、おめでとうございます！」

やった！　カケルくん、合格だ！

すごい、すごい！　思考力特待入試という、対策を立てるのが難しい独特な試験で、昨年は受験者四十名中、特待合格はたった三名という狭き関門なのに。

『篠宮先生じゃなかったら、カケルはいまみたいに生き生きとしてなかったと思う。こんなに幸せな受験ができたのは、本当に先生のおかげ。ありがとう』

「いえ、そんな」

返事が詰まってしまったのは、麻耶さんの言葉に泣きそうになっていたからだ。

担当し始めた当初は、わたしのこと、いつも『さすが東大』って褒めてくれた麻耶さん。ありがたい反面、東大卒っていう肩書だけ見られてて、わたしじゃなくても東大卒の家庭教師が来たら同じことを言うんだろうなって感じていたこともあった。

でも、いまは。

麻耶さんは、『東大』の『と』の字も口にしなかった。わたしの名前だけを呼んでくれた。それがすごくうれしかった。

そしてもうひとつ。当時の麻耶さんはカケルくんに対して、正直ずいぶんと過保護だった。ひとりっ子でマイペースな彼の将来を心配してのことだったのは、いまとなってはよくわかる。けれど、そのせいでカケルくんは志望校に無頓着なまま受験勉強に臨もうとしていた。

そんな彼が、自分の好奇心を突き詰めて形にする入試で合格できたのは、本当に立派なことだ。

と、ここで、まだカケルくんの声を聞いていないことに気づいた。

「そういえば、カケルくんは……」

わたしが聞くと、麻耶さんが困ったように答えた。

『それがね、合格したってわかったとたん、すぐ部屋にこもっちゃって』

え？　いったいどういうこと？　もしかして、受験勉強から解放されて、お城の模型でも組み立て始めたのかな。

そこへ麻耶さんが、

『試験ではテーマが与えられて、自分なりの問いとその考察のしかたを書いたらしいんだけど、早速その考察をまとめてるみたいなの。で、それを入学式に持っていくんだって張り切っちゃって。ずっと受験勉強してたんだから、ちょっとくらい休めばいいのにね』

そう言って、呆れたように笑った。

カケルくんの探究心には脱帽する。

彼とは後日、またゆっくり話せばいいと思い、今日はそこで電話を切った。

三人続けて三十分刻みの発表になったのはたまただったけど、もうすでに感情の昂ぶりに理性が追いついていない。

次は、本日のラスト、怜くんだ。

東郷中学校の例年の倍率は三倍前後。

合格発表は午後七時にホームページで開示される。不合格になった場合だけ、午後八時までに校舎に行けば、希望者は各教科の得点を教えてもらえるという。

怜くん、恵理さん、そして総一朗さんは、いまどんなふうに過ごしているんだろう。

澤村家のこれまでを振り返った。

怜くんは、好きだったサッカーを我慢しながら受験勉強に励んできた。彼が合格圏内に食い込もうと必死に頑張っていたのに、総一朗さんは自分の過去の成功体験にとらわれて、模試の結果が悪いときには怜くんの前でもため息をつくようなひとだった。

そんなプレッシャーからか、怜くんは返却されていた模試の成績個票を隠して、まだ返されていないと嘘までついてしまって。

長く険しい受験の道のりなんだから、小さな挑戦者にとって、味方がいないことほどつらいことはないだろう。とくに、一番の理解者であるはずの家族が味方じゃなかったら……。

でも、それもう、ずいぶん過去のことのように感じられた。

いまは、変わったんだ。

今朝、正門を抜けて校舎に向かう怜くんの背中はとても凜々しかった。

だからどうか……どうか、合格してほしい。自分の手で、未来をつかんでほしい。

そのとき、スマホが震えた。

ディスプレイには、【澤村家】の表示。

「はい、こちら家庭教師『ノーツ』の篠宮です」

落ち着いて受けたつもりだったが、返事がない。

「もしもし？」

「……」

着信と同時に切れたわけではなさそうだ。なんとなく、受話器の向こうの気配は感じた。

となると……。

不合格の三文字が頭をよぎる。

もう一度呼びかけると、聞こえてきたのは怜くんの声だった。

「もしもし？」

『××かくしてた』

最初、うまく聞き取れなかった。

「怜くん？　ねえ、いま、合格って言った？」

『う、うぇん』

またしても、はっきりしない。

「ねえ、怜くん、どうしたの？　大丈夫？」

『うううぅぅ』

ついに、電話の向こうから嗚咽が漏れた。

わたしのほうもうろたえてしまい、送話口を押さえて七緒さんを見た。

七緒さんが首をかしげながら指で×を作る。わたしは首をひねった。

すると、怜くんが、

『先生、東郷中学に合格したよ』

声を振り絞って、ようやくちゃんと答えてくれた。

よかった……。怜くんも、合格だ！

「怜くん、本当におめでとう」

きっと、言葉にならないほどうれしかったんだ。

そうだよね、ずっと戦いのような日々を過ごしてきたんだもん。

「合格でうれし泣きできるのって、すてきだと思う」

そう伝えると怜くんは、『先生、違うよ』と言った。

そして、『お父さんが泣くとこ、生まれて初めて見たから』と。

彼がまたしても感極まって泣き出してしまったため、途中で恵理さんが電話を代わってくれた。

恵理さんはこれまでにないほど感謝の言葉をかけてくれた。

そして、そろそろ電話を切ろうとしたとき、『あ、そういえば』と彼女が思い出したようにつけ加えた。

『怜が言ってたこと。あれ、本当は三回目なの』

少し考えて、総一朗さんのことだと気づいた。

『怜が生まれたときと、幼かったあの子が喘息に苦しんでいたときと』

総一朗さんとは話せなかったけど、怜くんへの愛は十分に伝わってきた。


教え子三人が、無事に第一志望校への合格を果たしてくれた。

その余韻は深夜まで尾を引き、二晩続けてなかなか寝つけなかった。

そして翌日、二月二日。

いよいよ、美咲ちゃんの受験校である廉成教育学園廉成中学校——通称『廉廉』の合格発表日を迎えた。彼女は午前中、『廉廉』第二回入試を受けた。

朝、『廉廉』前の歩道で美咲ちゃんの姿を待っていると、彼女は受験者のうち一番手で登校してきた。昨日の入試を振り返り、時間配分に十分気をつけて臨めるように訓練してきたと言った。

『いつも通り、平常心でやれば大丈夫だからね』

『うん、頑張る！』

美咲ちゃんは力強くこぶしを握ると、颯爽と入り口への階段を上っていった。

彼女が受験している間、わたしは近くのカフェで時間をつぶした。昨晩は三十分ごとに合格発表があり、それはそれで大変だったけど、発表まで数時間も空くのはさらにつらかった。何をしていてもソワソワしてしまい、じっとしていたらもっと落ち着かない。きっと受験生の保護者だったら、一年中同じような気持ちが続くのかもしれない。

昨日受験した『廉廉』第一回（二月一日）入試の発表は、このあと午後二時にある。

ちなみに、今日の午前に受けた第二回の発表は、明日、二月三日の午前十一時。『廉廉』の入試がそんな変則スケジュールになっているのは、受験者が多く、しかも記述の採点に時間がかかるためらしい。

午後一時四十分。

会場となる体育館の前の中庭に着くと、すでに一帯は生徒と保護者でごった返していた。軽く百組以上は集まっている。そのなかに美咲ちゃんを見つけた。

顔が強張っている。

「美咲ちゃん」

呼びかけると、彼女が振り向いた。

「結衣先生」

一瞬笑顔を作ったものの、やはりぎこちない。

例年の倍率は三・六～三・八倍。女子に限ればいつも五倍近い。

きっと発表を前にして緊張しているんだ。

「美咲ちゃん、お昼は？」

「ううん、食べる気がしなかったから。午前の試験が終わってから、ずっとここに」

「家に帰ってもよかったんじゃない？」

『簾簾』は現地発表と合わせて、同時にインターネット発表もある。

「うちで発表を待つなんて、耐えられなくて。だって、自分の緊張だけでもすごいのに、お父さんやお母さんのドキドキまで伝わってきたら……」

「そっか……そうだよね」

たしかに、それはかなりきつい。美咲ちゃんのような子でも、そう感じるんだ……。

「でも、結衣先生が来てくれて心強かったよ。ありがとう」

わたしが神妙な顔をしていたせいか、美咲ちゃんがフォローを入れるように言った。

この子は、こんなときにまでひとに感謝できるのか。

「皆さん、体育館へお入りください」

係の方の呼びかけで、生徒と保護者たちが、ぞろぞろと館内へと進む。

前方の舞台には幕がかかっていた。どうやら、幕が開くとその奥の舞台上に合格者の番号が表示されるらしい。なんともクラシカルな演出だった。

わたしも高校受験では、合格発表の瞬間を高校の昇降口の前で迎えた。あのときも発表までの数分間は、血の気が引いた顔でガチガチに震えながら待った気がする。もちろん、その震えは寒さのせいだけじゃなかった。

体育館に入ったひとたちは、なかなか前方に進まなかった。舞台を避けるようにU字を描き、みんな壁際に固まっている。

しかし、発表まで一分を切り、係の方が「そろそろ発表ですので、見やすい位置にお願いします」と告げると、徐々に前方へと移動し始めた。

「先生は、ここにいてくれる？」

舞台まで同伴しようとするわたしに、美咲ちゃんが振り返る。

「うん、わかった」

彼女がそう言うんだったら、わたしはここで見守っていよう。

そして、時計の針が午後二時を回った。

幕が開いていく。

舞台上の掲示板には、合格者の番号が貼られていた。

百組近い親子が舞台へと押し寄せる。

ひとだかりのなかから、次々と歓声が上がった。飛び跳ねて喜ぶ子どもや、両手を挙げてバンザイする保護者たち。一方で、顔を覆ってむせび泣く子どもや、その子の背中をさする保護者。無言で足早に去っていく親子の姿もある。わたしは体育館の端からその様子を眺めていた。まるで、天国と地獄を同時に見ているようだった。

美咲ちゃんは群れのなかに消えたまま、なかなか戻ってこない。

どうだったんだろう……。

期待と不安がない交ぜになった気持ち悪さを感じた。

そのうちに、時間の経過とともに徐々にひとの群れは小さくなり、舞台の前にいる親子は十数人にまで減った。

わたしは居ても立ってもいられず前方へと歩き出した。すれ違う親子には、満面の笑みも見られれば、悔し涙をこらえる姿もあった。舞台の前まで来ると、美咲ちゃんが掲示板を見上げていた。

わたしも彼女の隣に並び、合格者の番号が並ぶ一覧を見る。

そこに美咲ちゃんの番号はなかった。

第一回入試は、不合格だった。

「美咲ちゃん……」

彼女の横顔は、かすかに震えていた。

「先生、ダメだった」

こちらは振り返らない。絞り出した声に、悔しさがにじむ。

「まだ、もう一回あるよ」

わたしの言葉に、美咲ちゃんが小さく頷いた。

もちろん、その第二回はすでに今日の午前中に終えているから、あとは結果を待つだけなんだけど。

「今日は、やりきった？」

昨日は時間配分がうまくいかなかったと話していた。今日の入試でそこが改善できれば、チャンスは十分あるはず。

「昨日よりは」

彼女はそう答えてから、少し間を置き、不安げにこぼした。

「でも……今日は御三家組も受けてるんだよね」

男子御三家、女子御三家と呼ばれる難関校は、どこも二月一日のみの受験で一発勝負だ。だから併願で『廉廉』の第二回入試を受ける受験生も多い。

なんとか彼女の不安をやわらげようと思い、「一回きりの〝時の運〟に左右されないで済むから、今日の二回目があってよかったと思うよ」と伝えた。

美咲ちゃんは「はい」と答えると、丁寧に一礼し、「また明日来ます」と告げて去っていった。

本当は、途中まで一緒に帰ろうと思っていたのに。どうしても後を追うことができなかった。彼女がそれを望んでいないように感じたからだ。

それに……あとになって、わたしは自分の発言を悔やんでいた。

『一回きりの〝時の運〟に左右されないで済むから』なんて、ちっとも励ましになっていなかった。だって、二度落ちたら運も実力もなかったっていう意味じゃないか。なんであんなことを口にしてしまったんだろう……。ああ、もう、わたしのバカっ。

その夜は悶々としてしまい、またしてもほとんど眠れなかった。

そして、翌朝を迎えた。

二月三日、午前十時三十分。再び『廉廉』。

一般的には、どの中学も第一回の合格者数が一番多く、第二回以降は合格枠を減らすものだけど、『廉廉』は第二回の合格者数が第一回を二倍ほど上回る。男女とも御三家受験者の受け皿になっているせいだ。

だからだろうか、体育館前の中庭には昨日と同じくらい多くの親子が集まっていた。

今日は、そのなかに遥さんの姿を見つけた。

「いつもお世話になります」

近寄って挨拶すると、遥さんは「こちらこそ、本当にお世話になっています」と頭を下げた。

「美咲ちゃん、一回目は残念でした」

遥さんとは昨日、美咲ちゃんが家に着く前に、電話で話をしていた。

そのときの彼女は、落胆した様子も見せずに、『おいしい晩御飯で迎えます』と言った。

　いまだって、

「篠宮先生、朝も発表のときも、美咲についていてくださってありがとうございます。あの子、すごく感謝していました」

　結果を知って遥さんだって気を落としただろうに、こんなときまで礼儀正しく接してくれる。

「美咲ちゃんはどちらに？」

　聞くと、遥さんは体育館のなかを指した。

「一緒にいると緊張するからって、先に入っていきました。『わたしが戻ってくるまでお母さんはここで待ってて』って」

　そうだったんだ……。

　合格発表も二回目だから、この雰囲気にも少しは慣れるかと思ったが、全然そんなことはなかった。周りの親子を見たって、みんな神妙な顔つきをしている。なかには気楽そうな顔もあったが、おそらく御三家受験者だろうか。彼らはその中学の発表がここよりあとの時間だから、チャンスは二度あると感じているのかもしれない。一方、『廉廉』を連続して受けている子からすれば、気が気じゃないだろう。しかも、一度不合格を経験していればなおさらだ。

「でも、今日は一緒に来てくださったんですね」

美咲ちゃん、昨日はひとりだったけど、やっぱりいざというときには、お母さんにそばにいてほしいのかな。

するとと、わたしの問いかけの真意を察したのか、

「あの子は嫌がったんですが、今日は無理やりついてきたんです」

遥さんがうつむいた。

「だって、美咲が事故にでも遭わないかと心配で」

「事故？」

帰りに、と言いかけて遥さんは口をつぐんだ。

それって……もしも残念な結果だったとき、ショックで茫然としたまま道を歩き出しでもしたら……ということだろうか。

前に、遥さんが言っていた。

――『廉廉』の受験、仮に残念な結果だったとしても、わたしたちはいいんです。あの子の夢はそこで終わらないでしょうし、他の道に進んだとしても、きっと叶えようとするはずですから。

その言葉は本心だっただろうし、いまも変わらないと思う。でも……それでもやっぱり、母親だから。美咲ちゃんのことが心配でたまらないのだ。

葉を落とした中庭の木々たちが、じっとわたしたちを見つめているようだった。

そして、午前十一時を迎えた。

体育館のなかから、昨日と同じように歓声が聞こえた。

それに遅れて、泣きじゃくる子どもと、その肩を抱く母親が出てきた。

あの子はこれまで、どれだけの努力を重ねてきたんだろう。家族だって、ずっとずっとサポートしてきたはずだ。それなのに、合格者番号に自分の受験番号が掲示されているかどうか、それだけですべてが変わる。

発表を見届けた親子が次々と帰っていく。

昨日と同じように、美咲ちゃんはなかなか戻ってこない。

そうして、十五分ほど経った頃。

体育館の入り口に、ようやく美咲ちゃんの姿が見えた。

彼女はうつむいたまま、首を横に振った。

……またしても、不合格だった。

4

美咲ちゃんは中庭の隅にいたわたしたちの元へやってくると、

「お母さん、ごめんね。残念だった」

と遥さんを見た。

遥さんは唇を噛みしめ、何度も首を横に振る。

「結衣先生」

美咲ちゃんが、今度はこちらに向き直り、

「わたしがここまで頑張れたのは、先生のおかげ。本当に、ありがとうございました」

とお辞儀した。

なんて健気な子なんだろう……。

「もちろん、正直言えば、結果は悔しいよ」

彼女が続けた。

「でも、もし全然手が届かない学校だったら、受けられなくてもなんとも思わなかったと思うの。いまこれだけ悔しいってことは、自分だったら目指せるかも、受かるかもって、期待してたんだ。わたしはわたしに、そうやって期待、できたことが……」

気丈に話していた彼女の言葉が途切れた。

その顔はみるみる歪んでいく。

そして、「ううっ」という嗚咽とともに、押しとどめていた感情が決壊した。

「悔しいよぉ……」

美咲ちゃんの目に、涙が溜まった。それでもまだ彼女はこらえようとする。

「みんながいっぱい支えてくれたのに……応えられなくてごめんなさい」

ギュッと閉じたまぶたのすき間から、涙があふれて両頬を流れる。

わたしは美咲ちゃんの手を取った。

「『廉廉』ってさ、受けたくても実際に受けられなかった子って、大勢いると思うの。そんななかで、美咲ちゃんはいま、ここに立ってるでしょ。自分の力で。自分の意志で。それってすごいことなんだよ」

彼女は口を結んだまま、かすかに目を開けた。

「もちろん、定員が決まってる試験だから、全員が入れるわけじゃない。受験に『絶対』はないし、ちょうどその日に出た問題との相性に左右されることもあるよね。それで今回は、たまたま得意じゃない問題だったのかも」

何かを考えてきたわけじゃないから、うまく話せなかった。

だけど、伝えなきゃ。ちゃんと寄り添うんだ。

「でもね、今日希望が叶わなくても、それでやってきたことがゼロになるわけじゃない。いままでしてきた努力はきっとこの先につながるよ。いまの美咲ちゃんは過去の美咲ちゃんよりはるかに成長してる。ずっと近くで見てきたからわかるの」

彼女の手を離すと、わたしはポケットから出したハンカチで彼女の頬を拭いた。

美咲ちゃんはなおもあふれ出る涙をこらえようと空を仰ぐ。

そのとき。

「美咲」

遥さんが、呼びかけたのと同時に美咲ちゃんを抱きしめた。

「よく頑張ったね。あなたはお母さんの誇りだよ」

その言葉に、美咲ちゃんは唇を震わせ、周囲の目をはばかることなく声を上げた。

「ううぇーん」と、まるで幼子のように泣き続けた。

見たことのない顔だった。

社会人一年目の本当につらかったとき、わたしは母の前で泣けなかった。ずっと自分の感情に蓋をして、ただ必死にこらえていた。商社を辞めると決めたときだって、もしあのとき母に話していたら、母は遥さんが美咲ちゃんにしたように、わたしを抱きしめてくれただろうか。

——何年あなたの親やってると思ってるの。

うん、そうだよね。東大の受験を前に恐怖で慄いていたわたしにしてくれたように、きっと優しく包み込んでくれたはずだ。

わたしには、父もいる。紗雪もいる。七緒さんや『ノーツ』の先生たちも。それに、大好きな子どもたちだって。

美咲ちゃん、あなたもだよ。

こうして抱きしめてくれるお母さんがいる。お父さんや慧くん、おばあちゃんも。すてきな家族が、支えてくれている。お互い、みんなで支え合っているんだから。何があったって、美咲ちゃんは大丈夫。これからちゃんと未来に向けて、進んでいける。まだ時間はいくらでもあるんだから。

そう、時間が……。

そのとき、頭のなかに一本の道が開けた。

「ねえ、美咲ちゃん！」

わたしが呼びかけると、遥さんが美咲ちゃんを抱きしめていた腕をほどき、ふたりそろってこちらを振り返った。

「まだ、アディショナルタイムが残ってるよ！」

遥さんが首をかしげる。

美咲ちゃんは「もう受けられないよ」と鼻をすすった。

「第三回入試がある」

そうなんだ。『廉廉』にはもう一度だけ、チャンスがあった。

「でも、美咲は複数回受験の同時出願を第二回までしかしていません」

遥さんが残念そうに答えた。

美咲ちゃんもうつむく。

「いえ、第三回は、まだ間に合います」

わたしはスマホを開くと、『廉廉』のホームページにある募集要項をクリックした。

その画面をふたりに見せる。

第三回の受験日はあさって、二月五日。出願期間は明日、二月四日の二十三時五十九分までとなっている。

「うそ……」

美咲ちゃんが目を見開いた。第一回と第二回の出願は、一月十日には済ませていたから、まさかここから第三回を受けられるなんて、考えたこともなかったのだろう。

「美咲、どうする？」

遥さんが聞いた。

「……お金、かかるよ」

美咲ちゃんは、出願期間の下に表示された受験料を見つめている。

第三回単独で、二万三千円。

「美咲が受けたいなら、そんなの関係ない。もっと大事なことがあるもの」

遥さんがキッパリと告げた。

もちろん、第三回入試は狭き門だ。倍率は十倍を超える年もある。

ただ、それでも……一度は終わったと思った入試なんだから、失うものはない。

「でも、三回目もダメだったら？」

美咲ちゃんの気持ちは、なおも揺れていた。

決めるのは彼女だけど、後悔だけはしてほしくない。

だって『廉廉』は……美咲ちゃんがその理念に惹かれて、自分から目指した学校なんだもん。小学四年生の頃からずっと憧れてたんだよね。だったら……。

「三回目が望む結果じゃなかったとしても、何も恥じることなんてないんだよ。美咲ちゃんは美咲ちゃんだし、その夢が終わるわけじゃないもの。挑戦できるだけで幸せなことでしょ。それよりも！　もし受けなかったら？　あとで振り返って後悔しない？」

わたしはまっすぐ、彼女を見つめた。

どんな返事だってかまわない。わたしはただ、最後まで応援するだけなんだから。

それから、長い沈黙のあと。

「もう一度、挑戦したい」

美咲ちゃんが呟いた。その目には生気が宿っていた。

遥さんは彼女の横顔に見入ってから、わたしに向き直り、深々とお辞儀した。

「じゃあ、帰ってすぐ今日の試験の見直しをしよう。その代わり、夜更かしはなし。栄養と睡眠もしっかりとらないとね」

「うん！」

美咲ちゃんの返事が冬空に響いた。

それからの二日間、彼女に伴走するように、第三回入試に向けての特訓が続いた。

美咲ちゃんの部屋は六畳間。

最初ひとつだった本棚は、増設に増設を重ねていまや壁一面を覆い、天井にまで届く高さになった。そこには、教科書や参考書、そしてとてつもない数の問題集が並んでいる。

机の前の棚は、これまで受けた公開模試をまとめたファイルとやり直しノート。

正面の壁には、たくさんの貼り紙。

【わたしは廉廉で、これをする①〜⑩】

これは昨年の春、桜が咲いた頃から美咲ちゃんが書き溜めてきたものだ。

『①魅力的な論文を書く』、『②ユネスコスクールの交流会に参加する』、『④たくさんの洋書を読める英語力を身につける』なんていう真面目なものから、『⑦弦楽器講座が楽しみ！』、『⑨バスケ、頑張る』、『⑩いっぱい友達を作る』といった等身大のものまで。

【ひなた　カケルくん　怜くん　みんな仲間！　みんなでがんばる！】

これは、連日猛暑が続いた夏休み。

受験しないクラスメイトたちは、ディズニーに行ったり、プールに行ったり。美咲ちゃんでさえ、『みんな楽しそうなんだー』と羨ましそうにこぼしていた。そんなとき、彼女の心の支えになったのは、同じように中学受験に向けて頑張る仲間たちだった。

最初は控えめに、挨拶程度だったチャットのやりとりが、少しずつお互いの悩みを打ち明ける場になり、公開模試の会場でそれぞれの顔を知ってからは、夢を語り、励まし合う仲になっていた。

【昨日の自分より成長する】

彼女はこの頃から、公開模試の結果を意識するようになった。もっと成績を伸ばしたいという気持ちが膨らんできたんだと思う。でも、それが気負いにもなっているようだったから、『周りを気にしてもしょうがないから、比べるんなら昨日の自分と比べよう』って伝えたんだ。それで『己越え』って。美咲ちゃんらしからぬ硬派なワード。カッコいいなあ。

【己越え】

で、これは冬。

【家族への感謝】

【この環境は当たり前じゃない】

彼女が過労で倒れたあとだろう。復活したときの授業では、すでに貼ってあったから。

こういう気持ち、いつも忘れないようにって書いたのかな。

美咲ちゃんの部屋には、彼女がこれまでに積み重ねてきた努力と、みんなへの思いが詰まっていた。

「ねえ、美咲ちゃん。『論語』って聞いたことある？」

休憩中、ふと、話しておきたいと思ったことが頭に浮かんだ。

「『子曰く』っていう孔子の？　いくつか読んだことあるよ」

「そのなかに、こんな教えがあるの」

直きを友とし、諒を友とし、多聞を友とするは、益なり。

ゆっくりと言葉にした。

「ナオキくんにリョウくん、タブンくんと友達になると……じゃないよね？」

美咲ちゃんが冗談めかして聞く。この子はもともとこういう茶目っけもある。

「うーん、ちょっと違う」

一緒になって笑った。

「素直で正直なひと、誠実なひと、博識なひとを友達にするといいよっていうことかな」

「へえー、そうなんだー。だったら、もういるよ」

美咲ちゃんが自慢げに言った。

きっと、カケルくんやひなたちゃん、怜くんの顔を浮かべているんだろう。

「その教え、『益者三友』にちなんで、東大には『三友館』っていうスペースがあってね」

中学の頃は、誰もいない朝の教室。

高校時代は図書室のカウンターのなか。

そして大学では、三友館の自習室。

学生時代は常にお気に入りの場所があった。

「わたし、毎日のようにそこで勉強してたの。窓際のはじっこが指定席で、その席から見える安田講堂がすてきだったんだ。だって、季節によって違う顔になるんだもん」

当時のことを振り返り、懐かしさが込み上げてきた。

「わあ、なんかいいね。わたしもいつか、結衣先生のお気に入りの席で、同じように安田講堂を眺めて勉強してみたいなー」

美咲ちゃんの夢は美咲ちゃんのものだから、東大を目指してみない？なんていうつもりはない。ただ、何気ない日常で感じたわたし自身の幸せな記憶を、彼女にも聞いてほしかったんだ。

「そういえば」

わたしの話を聞いたあと、思い出したように美咲ちゃんが言った。

「今朝、三人からメッセージをもらったの」

「三人って、あの三人？」

「うん」

「へえ……」

それは初耳だった。

「【美咲がベストを尽くせますように】……それから、【みんな応援してるよ】って。うれしかったなぁ」

目を細める美咲ちゃんを見て思った。

本当に大切なものを、この子はもう手に入れている。

最後の二日間を一緒に頑張り、そして臨んだ二月五日の第三回入試。

美咲ちゃんは晴れ晴れとした顔で校舎へと入っていった。

彼女が入試から帰ったあとのことは、遥さんが話してくれた。

家に着くと、慧くんと一緒に公園で遊び、帰ってからは夕食の準備を手伝い、それからおばあちゃんの話し相手をして、夜はまた勉強机に向かっていたと。

そんな彼女が最後の合格発表を迎える。

二月六日、午前十時五十分。

入試が始まってから美咲ちゃんが『廉廉』に来るのは、これでもう五回目だ。

わたしが同行することを聞いた遥さんは、今回は家で待つという。美咲ちゃんの顔からはすでに、悲愴感が消えていたからだろうか。

今日は急に春めいて、ずいぶんと暖かかった。

空は青く、日がさんさんと降り注いでいる。

一方、中庭はひとがまばらだった。倍率十倍を超える入試だもの。さすがにみんな、厳しい結果を覚悟してのことかもしれない。

でも、どんな結果だろうと美咲ちゃんは美咲ちゃんだし、その努力の価値は下がらない。彼女は自分の意志で選択し、不屈の精神で挑み続けてきたんだから。

これから先、どんな道を歩んでいこうと、彼女ならきっと大丈夫。

ついに午前十一時を回った。

今日もまた、美咲ちゃんはひとりで体育館のなかへと進んでいった。

「わー、きれいー」

背後から聞こえた感嘆の声に振り返ると、中庭の前を横切る歩行者が、塀から伸びる梅の木を見上げていた。

視線の先で、白い花が咲き誇っている。今年は例年よりだいぶ開花が遅かったけど、今日の陽気に梅の花たちが心躍らせたようだった。

もうそんな季節か。

長いようで、あっという間の一年だった。

体育館から、何組かの親子が出てきた。今日の光景もまた、悲喜こもごも。

わたしは中庭の端で、ただ待った。

そして五分ほどが経ち、そろそろひとの流れも途絶えようというとき、陰となった体育館の奥から、美咲ちゃんが姿を現した。

彼女はおぼつかない足取りで、ふらふらと歩いてくる。

うつむいて、涙をこらえているようだった。

ただ、その足取りは徐々に速くなり、腕を振り始め、やがて小走りとなった。

彼女は一直線に駆けてくると、わたしの首に腕を回し、飛び込んだ。

わたしもそのからだをしっかり受け止め、抱きしめ返す。

耳元で美咲ちゃんの声が震えた。

「受かってた……。受かってたよ、先生。……ありがと」

聞いた瞬間、わたしの目から涙があふれた。

すると背後から、

「美咲ぃーー！」

「やったねー！」

「おめでとうー！」

聞き覚えのある声に振り返ると、わたしたちを三人の子どもたちが囲んだ。

ひなたちゃんに、怜くん、カケルくんだった。

「みんな、ありがと……」

美咲ちゃんも泣いていた。

「あなたたち、どうして!?」

驚くわたしに、三人が顔を見合わせて笑う。

慌てて頬の涙をぬぐった。

「だって、同志だもん」

ひなたちゃんがピースする。

そして怜くんとカケルくんが彼女の両脇に立つと、声をそろえて叫んだ。

「先生、あらためて、ありがとー!!」

みんな……。

凜々しくて、頼もしくて、いい顔だった。

わたしのほうこそ、感謝しなくちゃいけない。

大切なことを教えてくれた、
そしてたくさんの勇気をくれた、
小さな挑戦者たちに。

ミスぐる法

ケアレスミスをしやすい子のための勉強法だよ。
ミスした問題を振り返るときに、答えや式を赤で書いて終わり！じゃなくて、ミスしたポイントにぐるっと丸をするといいね。そこに吹き出しを作ったり、なんでそのミスをしたのか余白に残したり。チェックはアンダーラインでなく、目立つ丸で囲むとグッド！

なぜなぜ集約法

まずは教科書や問題集に載っている単元の『要点』をまとめてみて、そのなかの『なぜ？』を探していこう。原因と結果を調べて、まとめてみるといいよ。

ミス分類法

自分がしたミスを四つのカテゴリに分類してみよう。
①凡ミス&ケアレスミス　②練習不足　③難問　④時間不足
ケアレスミスが多い場合は『ミスぐる法』を、時間不足の場合は、『ホームワークテスト法』を使おう。

誤答マッチ法

正答についての解き方や知識を振り返るだけじゃなくて、自分のミスはどんな問いのときにマッチ、つまり正答となるのか、その『問い』をまとめてみよう。

ホームワークテスト法

宿題をするときにも制限時間を設定し、時間を計って解くといいよ。さらに、設問ごとに点数配分を記載して、小テストのつもりで解いてみよう。いつでも本番気分で！

ゼロスタート法

苦手とする教科や単元は、応用問題でつまずいた場合に、基礎レベルから解き直すといいよ。急がば回れ、だね。

質問⇔解答逆転法

答えとなる語句が、どんな質問のときの解答なのか確認しよう。
(『誤答マッチ法』はこの派生だよ)

過去ミスのオール振り返り

大きなテストの前に効果的！　これまでにしてきたミスをすべておさらいしよう。過去にミスした問題もいまなら解けるってわかれば、かつての自分より成長していると実感できて、自信もつくね！

MEMO

小さな挑戦者たち
～サイコウの中学受験～

騎月孝弘

2023年10月5日　第1刷発行

発行者　千葉 均
発行所　株式会社ポプラ社
〒102-8519　東京都千代田区麹町4-2-6
ホームページ　www.poplar.co.jp
フォーマットデザイン　bookwall
組版・校正　株式会社鷗来堂
印刷・製本　中央精版印刷株式会社

N.D.C.913/290p/15cm　ISBN978-4-591-17933-8

P8101477